A Journey with Marco Polo

献给你

意塔罗·卡尔维诺

你虚构了这扣人心弦的旅伴

图书在版编目（CIP）数据

与马可·波罗同行：读《看不见的城市》：插图本 / 薛忆沩著 .— 北京：
生活书店出版有限公司，2015.10
（薛忆沩文丛）
ISBN 978-7-80768-102-1

Ⅰ．①与… Ⅱ．①薛… Ⅲ．①随笔—作品集—中国—
当代 Ⅳ．①I267.1

中国版本图书馆 CIP 数据核字 (2015) 第 127550 号

责任编辑 肖 严
装帧设计 罗 洪
责任印制 常宁强
出版发行 生活書店出版有限公司
（北京市东城区美术馆东街 22 号）
邮 编 100010
经 销 新华书店
印 刷 北京天宇万达印刷有限公司
版 次 2015 年 10 月北京第 1 版
2015 年 10 月北京第 1 次印刷
开 本 787 毫米 ×1092 毫米 1/32 印张 7.75
字 数 113 千字 图 8 幅
定 价 45.00 元
（印装查询：010-64002717； 邮购查询：010-84010542）

薛忆沩文丛

（插图本）

与马可·波罗同行

读《看不见的城市》

薛忆沩 著

生活·讀書·新知 三联书店 生活書店出版有限公司

目录

第二版（2015年版）序言

有人称2012年是中国出版界的“薛忆沩年”，因为那一年包括台湾版的《白求恩的孩子们》在内，我一共出版了六部作品。这其中，解读卡尔维诺名著《看不见的城市》的作品《与马可·波罗同行》无疑是最奇特也是最引起读者好奇的一种。它受到的欢迎远远超出了我的预想。

当年7月，意大利驻华使馆文化处为这部与意大利关系密切的作品举办过一次专门的活动。在提问的环节，活动的组织者、莫言先生的意大利文译者李莎（Patrizia Liberati）女士首先问到我为什么要写一本这样的书。我几乎是不假思索地回答说：“因为许多中国读者看不懂那部意大利名著。”我没有想到李莎女士的回应会那样地迅猛。

她说："我们意大利人也看不懂。"

如此机智又幽默的回应为《与马可·波罗同行》的存在提供了更强的理由。在那之后所有关于这部作品的活动中，我都会提到发生在意大利驻华使馆文化处会议厅里的这一幕。我相信，这也会是让卡尔维诺本人开心的一幕。

是的，《与马可·波罗同行》可能会让更多的中国读者看懂《看不见的城市》。是的，它甚至可能对包括意大利读者在内的其他语言的读者也有所帮助。但是，在每次谈到它的时候，我都会强调我自己才是它最大的受益者。《与马可·波罗同行》是一部将我的身体和心智几乎耗尽的作品。而正是在那种极限的状态中，我看见了汉语"看不见"的美和力。这是神谕一般的启迪。这是将引发创造力猛烈爆发的"看见"。感谢马可·波罗！感谢卡尔维诺！我在他们的引导之下完成的这一段几乎将我耗尽的攀援标定了我整个文学生涯中最重要的转折点。

很高兴《与马可·波罗同行》又迎来了新的起点。一如既往，为了这一次新的出版，我又严格地审读了全部的文稿。我相信，这新的起点能够将这部作品和它的读者带到更远的地方。

薛忆沩

2015年3月11日于蒙特利尔

第一版（2012年版）序言

《与马可·波罗同行》是解读卡尔维诺的名著《看不见的城市》的作品。这部作品代表着我写作生涯中一段最奇特也是最关键的旅程。它的初稿完成于2006—2007年间。那时候，我在为《南方周末》和《随笔》杂志撰写以“书”为本的专栏。每天一程的“与马可·波罗同行”是我为强化训练汉语写作能力而给自己出的“附加题”。这难度极大的“附加题”记录了一个生活在异乡的虔诚的写作者对母语近乎疯狂的思念。

《与马可·波罗同行》首先通过《读书》杂志进入了读者的视野（杂志曾经在2008年分两期连载过其中的六篇）。随后，《上海文化》杂志从2010年第4期开始分四期（按顺序）将关于前36座城市的解读（也就是“与马可·波罗同行”前三分之二的行程）展示了出来。这两次连载都收到了来自专家和读者的顶级反馈。

关于《看不见的城市》最后那19座城市的解读在2012年由《作家》杂志分两期连载。至此，“与马可·波罗同行”的旅程完全呈现在了读者的面前。自己这一段最奇特也最关键的文学之旅最后在《作家》杂志画上句号具有明显的象征意义，因为《作家》杂志是我整个文学之旅的起点：我的处女作曾经在那里作为头条发表。四分之一个世纪过去了，我又回到了自己的“起点”。这是一个意味深长的象征。

我没有想到《与马可·波罗同行》的单行本会这样顺利地出现在我们的面前。我没有想到我的读者这么快就有机会与马可·波罗全程同行。我没有想到在这个浮躁的时代仍然顽强地存活着如此高雅的文学鉴赏力。

谨以文学的名义祝幸运的读者旅途愉快！

薛忆沩

2012年2月15日于加拿大蒙特利尔

对夜晚的感激：第一座城市

“那里”是哪里，忽必烈并不知道。或者说，马可·波罗并不想让忽必烈知道。这个年轻的威尼斯商人的叙述是从“离开那里”开始的。这也许并不是一个煞费苦心的开始。但是，一个有心的读者肯定会理解这“开始”的苦涩，因为这是关于一座城市的叙述，而这叙述竟开始于“离开”而不是到达，而且那刚离开的地方竟没有留下任何的痕迹。“那里”至少是最近的终点，“那里”或许还是最初的起点。可是为了出发，为了叙述的整洁，它失去了它所有的特征，它变成了一个空空荡荡的副词。

“离开那里，向东走三天，你就到达了迪欧米拉（Diomira）。”马可·波罗这样开始他的叙述。他这是想将眼前这位壮心不已的异国君主带向未来还是带往过去？一眼望去，迪欧米拉是一座光荣而醒目的城市：起伏的银色穹顶、众神的铜质雕像、用铅块铺就的马路、用水晶搭建的剧院以及每天清晨在塔楼上报晓的金鸡……所有这一切都向来自远方的旅行者展露出城市的盛情。可是，这位旅行者并不为之所动。这只是他所熟悉的一座城市耀眼的外表。其他城市也曾经用同样耀眼的外表欢迎和款待过他，任何的城市都可能用同样耀眼的外表来欢迎和款待他。这表面的盛情无法触动旅行者谨慎的心灵。

对这位旅行者来说，迪欧米拉独特的气质和极致的美在于它唤起了他的“嫉妒”。是9月的夜晚使他能够领受这座城市的独特和极致。这9月的夜晚有三个特征。第一，白昼开始萎缩了。这是阴盛阳衰的夜晚。第二，彩灯“同时”在沿街的小食店前面点亮。这是生意盎然的夜晚。而最后的也最显眼的特征是，从一幢房屋顶层的平台上传来了一个女人欢快的叫喊声。这是寻欢作乐的夜晚。是9月的夜晚这最后的特征唤起了这位旅行者的嫉妒。它向他打开了一座“看不见”的城市。他的嫉妒让他自己惊慌也让他自己惊奇，因为这嫉妒不是指向他人，而是指向记忆，或者更准确地说，是指向他人的记忆。迪欧米拉这《看不见的城市》中的第一座城市也因此成为第一座与“记忆”相关的城市。

这位旅行者当然不是第一次进入9月的夜晚。但是，这却是他第一次在9月的夜晚进入这样的城市，或者说，这是他第一次在这样的城市进入9月的夜晚。他对盛衰的洞察，对享乐的留意以及对女人叫喊声的敏感，都标志着他的成熟。毫无疑问，他对这触动了他心灵的夜晚充满了感激。不幸的是，这感激之情仅仅昙花一现。旅行者还来不及反应，就被令他感动至极的“极致”的美绑架到了灵魂中最阴暗的角落：他开始遭受嫉妒的折磨。他的嫉妒非常孤僻又非常高傲：他嫉妒那些“相信”自己曾经生活在相同的夜晚并且像他一样“认为”自己在那样的夜晚十分幸福的人。也就是说，他嫉妒那些人的“相信”和“认为”，嫉妒那些人的“记忆”，那些人对往昔和幸福的“记忆”。

这位遭“绑架”的旅行者只想与这迷人的夜晚或者说这迷人的夜晚中的迷人的城市建立一一对应的关系。他希望这不仅仅是他第一次感知这样的夜晚，更希望这是这样的夜晚的第一次被感知。他不能容忍自己与这样的夜晚

我们不妨假设这座城市就是这位旅行者珍藏在灵魂深处的恋人。他梦想她，他渴望她，他追寻她，最后，他终于抵达了她。他的生命之旅因此似乎可以被定性为一部“喜剧”，因为表面上，它终止于“得到”而不是终止于“失去”。

以及这座城市之间还夹杂着“第三者”的感受：那种通过“记忆”保存下来的感受。毫无疑问，这既是对他人的苛求，又是对他自己的苛求。这既是对过去的苛求，又是对现在的苛求。这甚至是对未来的苛求。就这样，“记忆”转变成了生命的敌人。这位旅行者只能依靠痛苦的“嫉妒”去抵挡这凶狠的敌人。他似乎并不知道，他这唯一的“依靠”早在文明的源头就已经与他的敌人结下了牢不可破的联盟。

迪欧米拉，你为什么要成为这位旅行者的必经之路呢？

最“短”的城市：第二座城市

注意，标题中关于城市的形容词并没有用错。因为这座城市是伊希朵拉（Isidora），卡尔维诺在《看不见的城市》中呈现的第二座城市。标准的意大利文版本用来兴建这座城市的材料只有119个单词（连读词不单计），而权威的英译本对这座城市的改建用料也很节省，只有131个单词。伊希朵拉是坐落在小说中的55座城市里最“短”的城市。这55座城市全部拥有女性的名字。它们是卡尔维诺想象的作品，或者说是卡尔维诺想象中的马可·波罗想象的作品。马可·波罗用波光粼粼的语言将他的想象奉献给忽必烈。这位壮心不已的君主在诚恳的倾听中经受着欲望与绝望的冲击。

这最“短”的城市一开始就展现了“时间”与“欲

望”的较量。它的第一句话告诉我们，经过长时间的荒野之旅，一个男人感受到了自己“对一座城市的欲望”。欲望冲淡了时间带来的疲劳。在欲望之中，这个男人首先想到了这座城市标新立异的“外观”：城市的建筑使用螺旋状的楼梯，而楼梯上又镶嵌着螺旋状的贝壳。他接着想到了这座城市赏心悦目的“产业”：城市出品的完美无缺的小提琴和望远镜。他然后想到了这座城市美不胜收的“魅力”：当他在两个女人之间犹豫不决的时候，总会有第三个女人在他的眼前出现。他最后想到了这座城市乐极生悲的“生活方式”：每一场精彩的斗鸡最后总是转化成双方主人流血的斗殴，娱乐最后总是结束于极度的暴力。

当这位疲惫不堪的旅行者渴望着这样一座城市的时候，他想到了这一切。而当他进入伊希朵拉的时候，他也看到了这一切：旋转的楼梯和贝壳；精美的小提琴和望远镜；无穷的第三个女人以及血腥的斗殴者。毫无疑问，伊希朵拉就是他欲望中的城市。

我们不妨假设这座城市就是这位旅行者珍藏在灵魂深处的恋人。他梦想她，他渴望她，他追寻她，最后，他终于抵达了她。他的生命之旅因此似乎可以被定性为一部

“喜剧”，因为表面上，它终止于“得到”而不是终止于“失去”。

不幸的是，马可·波罗马上就发现了这“得到”之中的“失去”。这个男人所抵达的城市与他欲望中的城市有一个刻薄的差异：在欲望中的城市里，这个男人是一个年轻人，而当他抵达伊希朵拉的时候，他已经老了。这是由“时间”决定的差异。在时间与欲望的较量之中，时间最终还是占了上风。

这座城市被归纳在“记忆”的城市之中，所以马可·波罗最后必须让“欲望”与“记忆”接轨：在广场中央的矮墙边，一些老人坐在那里，打量着年轻人的匆匆来去。这位疲惫不堪的旅行者知道那里有他自己的位置。于是，他与那些老人们坐在了一起。这时候，“欲望已经只是记忆”。这是马可·波罗对“欲望”的发现和感叹。他用这发现和感叹作为他关于这座城市所说的最后一句话。就这样，忧伤的“记忆”绝望地关上了伊希朵拉的大门。

接下来，我们还是可以去想象这位旅行者会怎样度过他在这座城市（也就是他的“恋人”）怀抱中的第一个夜晚。这一定是他无数次想象过的夜晚。一种可能的方式是，他会恳求记忆将他带回到他出发的地方，他要在温情的黑暗中重新经历一次那无情的旅行。他会在这种“经历”中感受到他最后的欲望。那是他对“记忆”的欲望。在这最后的欲望之中，这座城市珍藏着他的记忆，同时他的记忆又珍藏着这座城市。在这最后的欲望之中，他的记忆是整个的城市，而这座城市又是他全部的记忆。

沉睡的欲望：第三座城市

在“欲望已经只是记忆”之后，马可·波罗马上将忽必烈带到了与“欲望”相关的城市。多萝茜亚（Dorothea）是《看不见的城市》中的第一座与“欲望”相关的城市。虽然“欲望”这个词在马可·波罗的叙述中并没有出现，但是，它却是理解他这一段叙述的关键。

像几乎所有的城市一样，多萝茜亚有两种历史：一种是“客观”的历史，另一种是“主观”的历史。用马可·波罗的话说，也就是存在着两种“描述这座城市的方式”：一种是摆事实的方式，另一种是讲故事的方式。这两种方式可以很容易地用人称的选择区别出来：在摆事实的方式之中，有“它”无“我”；而在讲故事的方式之中，有“我”无“它”。这两种方式也可以用“数字化”的程度区别出来：摆事实的方式之中，数字高度密集，而在讲故事的方式之中，数字的出现却非常节制。

关于多萝茜亚的“事实”是明摆着的：它的城墙上有4座塔楼，它的城墙边有7座吊桥，它的城墙里有4条运河。这座“看得见”的城市被这些运河分割成9个小区，它的每个小区里有300幢房屋和700座烟囱。信奉“文学是数学”这种苛刻教条的卡尔维诺让年轻的马可·波罗用一个句子就公布了所有的这些信息。这座城市因此变得“一目了然”。紧接着，马可·波罗又将忽必烈引向了这座城市的世俗生活。他罗列出以嫁妆和聘礼的形式流通的珍奇：柠檬油、鲟鱼卵、占星盘和蓝宝石……马可·波罗肯定，通过穷尽这些琳琅满目的“事实”，一个异乡人就能够了解关于这座城市过去、现在以及未来的“一切”。

但是，这“一切”肯定还不是这座城市的全部。也就是说，除了通过“观察”事实之外，肯定还存在着认识这座城市的另外的方式：比如通过代代相传的故事，以及惊心动魄的倾听。这是比“观察”更深的“洞察”的方式。这是马可·波罗渴望掌握的认知方式。他想起了将他带到多萝茜亚的那位骆驼客。很多年以前，是他用这“另外的方式”为马可·波罗打开了这座城市。马可·波罗用直接引语的形式将他听到的故事复述给正在认真倾听的忽必烈。这带来了第一人称单数在《看不见的城市》中的第一次出现。在引号的掩护下，第一人称单数必然会混淆视听，令精明的君主眼花缭乱：“我”究竟是远处那扑朔迷离的商客，还是眼前这来历不明的“弄臣”？（上升到理论的高度，这个问题的一种变体是，究竟是叙述来源于生活还是生活来源于叙述？）

年轻的“我”在一个清晨来到了多萝茜亚。市场、女人、士兵和车轮突然替换了他视觉中仅存的沙漠和骆驼商队。“我”看见了这一切。但是，他看见的又不只是这一切，他还看见一座“看不见”的城市。如果市场代表争夺、女人代表引诱、士兵代表征服、车轮代表文明，这些明摆着的“事实”就应该激起青春期的骚动，唤醒沉睡的欲望。有趣的是，“我”并没有被争夺、引诱和征服唤醒。也就是说，这个“触目”的清晨并没有“惊心”。它似乎是过去了，似乎过去得风平浪静。在随后的岁月里，“我”仍然“凝视着”无边无际的沙漠和骆驼商队走过重复的路。他的“欲望”仍然沉睡在他的“习惯”之中。他似乎习惯了单调的节奏和熟悉的环境，他似乎习惯了一成不变的生活。

“但是”，故事突然出现了转折，因为时间已经来到了“现在”。没有人知道这“现在”距离“我”第一次进入这座与“欲望”相关的城市已经有多久，也没有人知道这“现在”距离“我”将永远离开这欲壑难填的人世的日子还有多远。不管怎样，“我”终于醒悟了。这是对过去的醒悟。这是对生命的醒悟。“我”终于明白了他第一次进入多萝茜拉的那个清晨，这座城市其实为他打开了许多的生路，而回到沙漠（也就是回到过去）的道路只不过是其中的一条。那个遥远的清晨原来一直滞留在他的心中，原来一直等待着这兴风作浪的机会。

当“我”意识到了他选择的其实只是“许多”道路之中的“一条”，他几乎就是在后悔他选择的其实是错误的一条。终于，那沉睡的欲望突然被这“一”与“多”的强烈反差激怒了。

欲望向“我”猛扑过来。可是，时间已经离“我”远去。“我”的醒悟已经无法改变他面对的现实和生活，它只能在倾诉之中演变为亘古不变的遗憾。

马可·波罗的叙述让忽必烈用“另外的方式”看见了多萝茜亚。他也许会同时看见他一生之中面对的那“许多”的道路以及他选择的那错误的一条。

是所有人的“错过”建造了这座与“欲望”相关的城市。是所有的“错过”建造了这座与“欲望”相关的城市。

城市的掌纹：第四座城市

隐藏在查依拉（Zaira）记忆中的历史十分经典：暮色之中，一个身份不明的人越过围栏，溜进了王后的寝宫。十个月之后，一个在襁褓中熟睡的婴儿被弃置在码头的一个角落。很多年之后，海面上突然出现了一艘来历不明的战船。从战船上发射的炮弹最后击中了王宫的尖顶。几天之后，篡位者的尸体被高悬在王宫前的灯杆上。那个在襁褓中熟睡的弃婴再一次遭受命运的抛弃：他被赤裸裸地悬挂在王宫前的灯杆上。他生命的出口正对着他生命的出处。

这充满着欲望和恐惧的记忆令查依拉戒备森严的外表黯然失色。马可·波罗一开始就承认对查依拉外表的描述没有任何意义。在这座与“记忆”相关的城市里，空间的测度几乎全部被时间加工利用，变成了城市波澜壮阔的历史背景。“看得见”的距离和位置与“看不见”的冲动和僭越之间的关系是查依拉的精髓。或者说，查依拉就是“看得见”的现实与“看不见”的历史之间的函数关系。当现实与历史以如下的方式陈列在一起的时候，一般的数学训练已经无法分辨出在这种关系之中，哪是自变量，哪是因变量：灯杆的高度与篡位者摇晃的尸体，灯杆与围栏之间绷直的绳索与王后出嫁队列里的花彩，围栏的高度与通奸者的腾跃，雨水槽的坡度与野猫在雨水槽上谨慎的移动（那只野猫总是尾随着通奸者跳入同一个窗口），战船上火炮的射程与击中了王宫雨水槽的炮弹，渔网上的裂口，以及在码头上缝补渔网的那三位老人彼此重复了无数次的、关于战船和弃婴的往事。

历史借助代代相传的记忆不断地涌入查依拉。查依拉像“海绵”一样吸收这不断涌入的记忆并因此而不断拓展。吸收记忆是这座创造了历史，又被历史所创造的城市最基本的扩建手段。王宫或许早已被拆迁了。悬挂篡位者尸体的灯杆的后面或许要推出一座购物城、一条步行街、一排快餐店。但是，战船还在复仇的豪情中行驶，王后还在真爱的折磨中期盼，弃婴还在厄运的暴晒中蒙羞，野猫还在激情的起伏中惊诧……记忆将这座城市从岁月的烟尘中营救出来。这种营救不仅仅是一种保护，同时更是一种扩建：因为城市历史不断的边缘化，事实上正好扩展了城市的规模。经过层出不穷的升级和转瞬即逝的嬗变，被记忆营救出来的查依拉依然是那一座历史中的城市，那一座荡漾着欲望和恐惧的城市。

但是，马可·波罗发现，这座城市并没有去“叙述”自己的历史，而是将自己的历史像“掌纹”一样包含在自己的身体里面。将历史喻为“掌纹”是到目前为止马可·波罗使用的最迷人的比喻。根据这个比喻，当人们阅读一个城市的历史时，他们就像是善于瞻前顾后的巫师，就像这位巫师正在解读这座城市扑朔迷离的掌纹。掌纹在时间的引导之下，走向并停留在城市的许多角落。它们停留在街道的拐角上，停留在窗户的格栅上，停留在台阶的扶栏上，停留在彩旗的旗杆上，甚至停留在避雷针的触尖上。它们是记忆自我保护或者自我陶醉的方式。如果记忆是时间的仇人，停留就是对流逝的挣脱，就是与时间的离异；如果记忆是时间的恋人，停留就是对曾经的眷顾，就是与时间的厮守。

马可·波罗的发现分散了他的注意力。他不再关心记忆的内容。他开始流连于记忆的形式。从“在哪里”停留到“怎样”停留，这种关于形式的思考突然加快了叙述的节奏。掌纹是一种不断进化的生命，它在与时间的纠缠中“依次”呈现出不同的形式：首先是“涂画”，其次是“刻痕”，最后是“书写”。人类几千年对记忆的艰苦摸索被马可·波罗精心选择的这三个歧义众多的词所囊括。这三个词“依次”的出现最后将他关于查依拉的叙述推向了高潮。

不难看出，记忆的形式变得越来越抽象了，记忆的载体也变得越来越轻薄了。也就是说，记忆的形式与记忆的内容之间的距离越来越远了。这种距离可以说是所有的“记忆”留下的最动人的悬念。

欲望的权力：第五座城市

进入第二座与“欲望”相关的城市的时候，马可·波罗没有再将“欲望”这个词隐藏起来。不过，他首先谈到的仍然是城市抢眼的景观：地面上“同心”的运河以及天空中散乱的风筝。接着，他谈到了值得购买的那些用料精细的玛瑙器皿。然后，他谈到了用干燥的樱桃木生火烹制并且喷洒了甜美的天然香料的野鸡。最后，他谈到那些在花园的水池里沐浴的女人。她们有时候会邀请陌生人与她们在清水中嬉戏，或者与她们在月光下共浴。

如果忽必烈忽视了马可·波罗在“陌生人”前面使用的是用来特指的定冠词，而不是用来泛指的不定冠词，他可能就已经在想象中解开了自己的龙袍，走进了这用语言营造的仙境。马可·波罗的特指显然令他的听者失去了参与的机会。那个幸运的陌生人是谁？……定冠词的另一种语法功能是指一个类别，也就是说，它在这里指的可能是“所有”的陌生人。如果是这样，问题就更加深奥了：为什么那些女人会邀请陌生人或者甚至很可能是“只”邀请陌生人来与她们共浴？

即使没有这个定冠词的束缚，他的听者想象的翅膀也不容易展开，因为马可·波罗马上就贬低了他所谈到的这一切。他宣称这“看得见”的一切根本就没有表现出阿娜丝塔茜亚（Anastasia）的本质。因为在任何关于这座城市的描述中，语句的排列都只能线性地与时间的流向保持一致。通过语句来唤醒的欲望因此也就只能够一个接着一个相继出现。那些首先被唤醒的欲望必然会被接着所唤醒的欲望窒息或者替换。也就是说，对这座城市的描述不可能完整地保留住全部的欲望。这是语言的局限，而不是城市的局限。因为只要抛开被“时间之箭”牵动的语言，亲临城市与时间无关的中心（那也是所有运河河道的“圆心”），你就会发现一座“看不见”的城市。你自己所有的欲望可以在那里被同时激活并且将你团团围住。这时候，语言与它试图描述的城市的关系被简化为了“直线”与

她们有时候会邀请陌生人与她们在清水中嬉戏，或者与她们在月光下共浴。

“圆”的对应，或者更准确地说，是“时间”与“空间”的对应：在时间里不断丢失的欲望顿时被空间一览无余。

这座城市因为欲望的完整而终于成为一个整体。居住在这座城市里面的人也因此成为这个整体之中的一个部分。但是，这个部分必须服从整体，哪怕你处在城市的中心。对服从的要求是这第二座与“欲望”相关的城市所拥有的“权力”。马可·波罗再一次使用定冠词。这一次，用来限定“权力”的定冠词只能是特指。于是，对服从咄咄逼人的要求也就成了阿娜丝塔茜亚唯一的“权力”。在这样的情境中，对整体的绝对服从成了个体保存自己的唯一方式。面对这样的“极权”，忽必烈是不是应该重新估量一下自己原以为是至高无上的地位呢?

马可·波罗没有给忽必烈足够的停顿去联系实际。他的叙述是一种陶冶情操的开导，而不是孟子为梁惠王讲授的实用的“政治课”。他敏捷地避开了王权。他用第二人称将他的听者假设为劳作的工匠。欲望的权力因此被诠释为一种审美的逻辑：“你给欲望以形式的劳动从欲望本身获得形式。”如果将工匠的劳动成果比作“西施”，将欲望本身比作情人的审美，这欲望的权力显然早已被汉语用更生动的方式发现。

意识到欲望本身已经决定了一个人能够为欲望所付出的一切，马可·波罗将他的听者带到了朝拜这一座与“欲望”相关的城市的最后那一级台阶。他肯定眼前这位不可一世的君主将会在那一级台阶上跪下，因为他已经确信只有成为阿娜丝塔茜亚的奴隶，才能够完整地享受这座城市。

也就是说，只有成为爱的奴隶，他才能够完整地享受爱；只有成为美的奴隶，他才能够完整地享受美。至尊的君王与卑微的工匠因为共同的欲望而获得了精神上的平等：他们为了完整地享受欲望而心甘情愿地沦为欲望的奴隶。他们将从这种奴役中获得最彻底的满足。

符号的暴力：第六座城市

也许是因为对符号的陌生，甚至可能是因为对符号的恐惧，在进入第一座与“符号”相关的城市时，马可·波罗需要借用他的听者的视角。前面多次出现过的“我”没有出现。前面多次出现过的“那个旅行者”也没有出现。马可·波罗的叙述从“你”开始。毫无准备的听者从听到的第一个元音开始就被迫进入了角色，他在语言的胁迫之下朝塔玛拉（Tamara）走去。

他的目光没有在沿途的“事物”上停留。他愿意感知的只是事物的符号或者作为符号的事物，比如老虎的足迹、水源的痕迹、冬天的踪迹。其他的存在对他没有意义。他要成为一个符号的诠释者，而不是像其他所有人那样仅仅满足于充当一个符号的消费者。与“符号”相关的城市塔玛拉，用密集的招牌满足了他独特的认知习惯。他的视线网罗到的符号琳琅满目。他用学术的方式将这些符号罗列出来。第一类符号的编码逻辑或者源于“提喻”，如钳子代表牙医、天平代表杂货店以及庙宇门前那些特征突出的雕像代表职责不同的神祇；或者源于“隐喻”，如刻绘着雄狮或者海豚的盾牌代表“某些事物”。马可·波罗故意没有将这些隐喻所代表的事物挑明，这似乎显示出他对那些事物的不屑和轻蔑。

与第一类符号（在符号学教科书上它被称为“指示性”的符号）不同，第二类符号带有法律的强制力。在符号学教科书上，它被称为“说明性”的符号。它“说明”在这座城市里什么行为被禁止，以及什么行为被接受。尽管“你”罗列的被禁止和被接受的行为纯属“鸡毛蒜皮”，这第二类符号的出现，却意味着符号已经开始偏离顺应自然和助人为乐的品性，已经开始助人为“虐”，已经开始沦为暴力统治的工具。

这第二类符号确定了塔玛拉的行为规范，或者说，确定了这座城市的“文化”。因为这一类符号的存在，禁忌被固定下来了，等级被固定下来了，恐惧也被固定下来了。这座城市开始拥有了它自己的一整套“语法”规则。就这样，这座城市本身变成了一种经典的“语言”。

这时候，第三类符号出现了。准确点，也许应该说：这时候，符号消失了。因为这第三类符号就是事物本身。这些事物地位特殊：它们的形式和位置已经足以显示它们在这种“语言”中的功能。这些功能一目了然，已经不再需要符号的“指示”；这些功能望而生畏，已经不再需要符号的“说明”。也就是说，理解这些事物已经不再需要符号的“中介”了。这些事物自己代表自己，自己指向自己，因为它们自己已经被这座城市的“文化”充公，已经在这座城市的“语法”中约定俗成。马可·波罗列举了塔玛拉不需要符号来“说明”和“指示”的五座建筑。它们分别是皇宫、监狱、铸币厂、学校和妓院。它们的形式和所在的位置已经决定了它们的功能。它们是这座城市中最简洁的符号，又是这座城市中最复杂的事物。

同样地，因为“文化”的形成，审美的逻辑也被固定下来。商品不再能够依靠“凝结于其中的一般劳动”来定位。商品被符号化，被附加上了“文化”的价值。权力、典雅、学识、淫荡等这样一些抽象的概念都在商品市场上找到了它们的“代用品”。而所有的商品都变成了符号，它们都代表另外的事物。它们除了也许能够满足消费以外，还都“另有所指”。就这样，消费也变成了一种诠释。

因此，当“你”进入塔玛拉的时候，“你”就是进入了符号的海洋。“你”对这座城市的观看就是对符号的阅读和辨认。城市呈现出来的每一个形象都必然引起“你”的警觉，因为它提供的只是一个可能的方向，而不是一块真实的陆地。“你”不可能穿过这符号的屏障，抵达真实的塔玛拉。“你”甚至不会知道，是不是的确存在着一个真实的塔玛拉，一个没有被符号化的过程玷污的塔玛拉。万幸的是，所有的“你”都只是一位旅行者，哪怕“你”乔装成一个听者或者一位君主。也就是说，“你”总有一个天经地义的选择权利：你可以选择“离去”。

当马可·波罗将他的听者带离塔玛拉的时候，他让他看到了无垠的大地和广阔的天空。他显然是想让他疲惫的听者在大自然的无限中体会一下自由的美味。不幸的是，听者的灵魂已经变成了身后那座城市的“死因”。他不可能再“看见”自由的天地了。他的目光迷上了由浮云偶然形成的图案。他将它们也当成“另有所指”的符号。他马上开始“辨认”这些符号。他辨认出了一艘船、一只手、一头大象……他已经习惯了这种“辨认”，他已经不再习惯事物的本身。这是符号对他施加的暴力。他已经体会不到免于“辨认”的自由。他已经欣赏不了免于“辨认”的自由。他只能依赖符号的暴力继续生活下去。

记忆的悲剧：第七座城市

这是马可·波罗在叙述一座与“记忆”相关的城市的时候，第一次求助于记忆的宿敌。佐拉（Zora）是《看不见的城市》中的第四座与“记忆”相关的城市。马可·波罗在叙述这座城市的时候，两次动用了“遗忘”：一次是在他的第一个句子里，另一次是在他的最后一个句子里。也就是说，佐拉是马可·波罗首先用“遗忘”打开，最后又用“遗忘”关闭的城市。

其实在第一个句子里，“遗忘”是被否定的。按照马可·波罗的说法，看见过佐拉之后，“没有人”能够再将它遗忘。“记忆”首先以胜利者的姿态出现。它将这座城市从空间的禁闭之下解放出来，永远朝着时间开放。奇怪的是，佐拉既没有惊心动魄的外观，也没有赏心悦目的特产，记忆为什么能够在一座这样的城市赢得意想不到的胜利呢？

佐拉成功的秘诀在于它的布局。或者更准确地说，在于它布局的严密。这座城市就像是一段深思熟虑的乐谱，其中没有任何一个音符可以被挪动或者被改变。关于这座城市的记忆一成不变，它按照城市的布局严格地编排出来：理发师的凉棚后面紧接的肯定是显眼的铜钟，然后一定是那座有九个喷口的喷泉；土耳其浴室后面紧接的必然是拐角处的咖啡馆，然后注定是那条通往港口的小巷……也就是说，这座城市与关于它的记忆之间既没有任何的差异，也没有任何的空隙。这是一种只能靠"死记硬背"来获得的记忆。这种记忆不再对任何的"干扰"做出反应：个人的魅力和情绪的波动对它毫无影响。没有任何人能够再在这种记忆之中插入一段绯闻、一段艳遇或者一段真情。这种记忆实际上是一种集体的服从或者盲从，是一种契约、一种信条、一种宗教。

这座城市严密的布局就是决定了它记忆的基本设施。马可·波罗将这种设施比喻为"蜂窝"。不过，这种"蜂窝"状的基本设施只是记忆"看得见"的部分。关于一个城市肯定还有更多的内容需要记忆。在记忆那些“看不见”的内容时，马可·波罗注意到了佐拉能够容忍相对的自由。虽然城市中看得见的地点与地点之间的位置不可改变，如何将每一个具体的地点与关于这座城市的背景知识相连，却是个人的选择或者能力。也就是说，根据自己的需要和偏好，不同的人可以在每一个“蜂窝”之中存放不同的“知识”，如明星的资料、历史的数据、美德的品种以及演说的片段等。这时候，记忆不再是一道颠扑不破的神谕，而变成了一种世俗的娱乐或者智力的技巧。“看得见”的佐拉只能通过“一种方式”进入记忆，而“看不见”的佐拉进入记忆的方式却五花八门，因人而异。

但是，这相对的自由并没有改变关于佐拉记忆的实质。这种记忆所记忆的，仅仅是事实，以及本于事实的知识。这种记忆是纯粹的理性活动。它已经失去了与“欲望”的沟通和联系。所以，当马可·波罗不动声色地下结论说：“正因为如此，世界上最博学的人就是那些能够记住佐拉的人。”他的说法似乎是一种嘲弄，对“学”、对“博学”、对“最博学的人”以及对最博学的人所在的“世界”不动声色的嘲弄。

这种嘲弄的态度为叙述的转折铺平了道路。接下来，马可·波罗马上就要开始他的否定之否定了。他意识到对佐拉的访问其实是“徒劳”的。这种意识反映的是他对与“欲望”脱节的记忆的绝望。他要否定他在第一个句子里对“遗忘”的否定。他告诉好奇的君主，正是由于为了方便记忆而被迫不做出任何改变，这座城市才终于失去了活力，并且最后土崩瓦解、云消雾散，被世界所“遗忘”。“遗忘”在最后一个句子里以肯定的语气出现。它最终宣告了记忆在佐拉的失败。

这座最开始不会被人“遗忘”的城市，因为它墨守成规和一丝不苟的“记忆”而终于败在记忆的宿敌的手上，成了记忆的牺牲品。记忆反被记忆误：这大概是记忆能够导致的最经典的悲剧。

荒漠的边界：第八座城市

能够用两种不同的方式抵达并不是德丝媲娜（Despina）的区别性特征。这第三座与“欲望”相关的城市区别于其他城市的特征，是它会在两种不同的抵达方式中，呈现出两副不同的面孔：那个骑着骆驼从沙漠深处走来的商人看到的是，在地平线的高台上矗立着的摩天大楼尖顶和雷达的天线，以及风向袋的震颤和从烟囱口吐出来的浓烟；而那个从荒凉的大海上接近的水手看到的却是，在海岸线的雾霭中摇摆着的驼峰，以及刺绣的驼鞍上闪闪发亮的毛边。

现在的问题是，这两副“不同的”面孔到底是这座城市刻意的呈现，还是这两个用“不同的”的方式抵达这座城市的人不经意的发现？马可·波罗的叙述为这个问题提供了部分的答案。他在第二和第三自然段先后将那两个用不同方式抵达德丝媲娜的人带进了同一个转折点。这个转折点是关于德丝媲娜的叙述的关键。它将两种不同的抵达方式等同了起来。它将两个来自不同道路的人等同了起来。这种等同将倾听和阅读带向普遍的人性。

在这个特定的例子里，倾听和阅读被带向了欲望。商人和水手对“不同的”德丝媲娜的共同反应是，“他知道这是一座城市，但是，他想象它是……”也就是说，德丝媲娜并没有刻意呈现出不同的面孔。或者说，德丝媲娜呈现出的不同面孔并没有提供关于这座城市自相矛盾的“基本知识”。根据这些“基本知识”，来自不同道路的旅行者都准确地“知道”了蜃景般的德丝媲娜其实是一座真实的城市。

但是，一座所有人都能够辨认出来的“城市”，一座“看得见”的城市或者一座所有人都看见了的城市对这两个饱受孤独和寂寞煎熬的旅行者（不管他们来自无边无际的沙漠还是无边无际的海洋）并没有任何特别的意义。他们想看见的是“看不见的城市”。他们想从这座所有人都“看得见”的城市里看见那座其他人都“看不见”的城市。这是一种由最彻底的孤独和寂寞煎熬出来的“欲望”。这是只有用“想象”才能够满足的“欲望”。

于是，两个从不同的道路走过来的人开始了他们表面上尖锐对立的想象。骑骆驼的商人将德丝媲娜想象成一艘能够将他带离沙漠的船。他向往的地方是大海。马可·波罗在他的叙述中奢侈地并列了三种不同档次的船只，这足以显示出骑骆驼的商人对逃离沙漠的急切和决心。而船上的水手将德丝媲娜想象成一头能够将他带往陆地深处的骆驼。他视大海为荒漠。他渴望淡水、渴望阴凉、渴望祥和的绿洲、渴望高墙后面的深宫以及赤着脚在后院的砖地上翩翩起舞的少女……他好像都已经看见了她们扭动的手臂和她们半遮半掩的面孔。

不难看出，这尖锐对立的想象根源于同一种心理冲动。这种冲动就是对“改变”的憧憬和对“别处”的向往。“别处”总是被人想象为最准确的终点，“改变”总是被人美化为最可靠的出路。而在这个特定的例子里，“别处”正好是“此处”的反面，“改变”正好是以这座终于出现在视野之中的“边界”城市为对称轴的激进的颠倒。

如此激进的改变不大可能由一次“随意”的发现提供冲量。回到最初的问题，在马可·波罗看来，德丝媲娜

“不同的”面孔既不是这座城市刻意的呈现，也不可能是旅行者随意的发现。它们的身份更为复杂：它们是两个不同的旅行者“刻意的”发现。也就是说，这“不同的”面孔其实是来自不同道路的旅行者在梦里追寻过千百度的理想，是他们精神的产物以及他们精神胜利的标志。毫无疑问，将德丝媲娜想象为一艘船或者一头骆驼并没有本质的不同。在这种想象之前，来自不同道路的旅行者已经怀揣着一种共同的信念：他们相信前方的那一座城市将会通过由它激发起来的想象让他们获得拯救。正是这共同的信念让他们看到了这座城市“不同的”面孔。

也正是这种共同的信念使德丝媲娜成为所有荒漠的尽头，或者说成为所有绿洲的起点。马可·波罗称这座城市为荒漠之间的“边界”。而它事实上也是绿洲之间的“边界”。作为人生的中转站和欲望的集散地，不难想象，这座永恒的边城将会见证最激烈的文化冲突和思想交流。这种冲突和交流一定会给这座位于灵魂深处的城市带来繁荣和稳定，让它作为“希望”的象征或者“希望”本身永远坐落于条条道路所通向的共同的目的地。

互惠的重复：第九座城市

马可·波罗在叙述吉尔玛（Zirma）的时候开辟了两个新的角度：他用第一个词引进了复数形式的“旅行者”；他用第二个词改变了旅行者与即将呈现的城市传统的位置关系：吉尔玛不再是位于这些旅行者的眼前，而是位于他们的身后，因为这第二个词是“返回”，叙述中的“这些”旅行者一开始就已经从吉尔玛“返回”。而在以前的叙述里，旅行者总是以个人的身份朝着即将呈现给读者的城市进发（也许查依拉的情况有一点模糊：它的叙述者也应该已经离开了那座城市，但马可·波罗却并没有用“返回”来给他定位。在那里，旅行者与城市的位置关系也并不十分重要）。

吉尔玛是第二座与“符号”相关的城市。“众多的”旅行者从那里的“返回”是关于它的叙述的重要框架。只有在这样的框架之下，记忆中的符号与符号以及城市中的事实与事实之间才有可能进行比较。而只有经过这样的比较，“事实”的重复和“符号”的重复才有可能被发现。在这个基础上，两种“重复”之间慷慨的互惠才有可能引起听者的注意。“城市中事实的重复强化了记忆，而记忆中符号的重复则创建了城市”：这是理解吉尔玛最基本的公式。

关于吉尔玛的叙述极为对称。两个自然段都试图呈现记忆中的符号与城市中的事实之间的“一”与“多”的对应关系，而在两个自然段中，记忆与城市的位置又互相颠倒。同时，在每一个自然段里，符号与事实的来源之间以及这种来源与它所带来的内容之间，也存在一种“一”与“多”的对应关系。除了这样一些表层的关系，在关于吉尔玛的两个自然段之内以及这两个自然段之间也许还存在着更多深层的对称有待阅读的发现。叙述中的这两个仅有的自然段好像彼此互为对方的“镜像”。用更精确的光学术语，它们还是大小相等的“倒立的实像”。

在第一自然段里，符号来自“复数的”旅行者的记忆，而在这种复数的记忆中出现的名词却全是单数：一个在大街上大喊大叫的黑人瞎子、一个在摩天大楼顶部边沿上摇摇欲坠的疯子、一个牵着一只美洲狮散步的女子。与此相反，事实来自“单数的”城市，而这座城市所呈现的却都是重复的事实：城市里的许多瞎子都是黑人、城市里的每座摩天大楼上都有疯子、城市里的所有疯子都在摩天大楼顶部的边沿上摇摇欲坠、城市里没有一只美洲狮不归属于一个女子。吉尔玛就这样不断地重复自己，让自己过剩。只有通过这种不厌其烦的重复，事实才可能被语言捕捉，成为记忆中的符号，成为集体的记忆，成为可以检索的信息，成为可以共享的资源。

在第二自然段里，符号来自“我”的个体记忆。与其他旅行者一样，“我”正行走在从吉尔玛“返回”的途中。好像是将第一自然段的情况完全颠倒过来，这个体的记忆里保存的却全都是复数的印象：朝着各个方向低飞的飞艇，鳞次栉比的制作和出售图腾的店铺，以及充斥在地铁车厢里的肥胖女人。与此相应，“事实”来自“我”的所有同行者重复的证词。但是，这些证词中却只出现了一只飞艇、一个图腾艺人以及一个肥胖的女人。这些证词如实地报道了“我”的同行者们在吉尔玛所见到的“单数的”

事实。这一次，是记忆在不断地重复自己拥有的符号，让符号过剩。正是通过这种不厌其烦的重复，符号才可能经久耐用，才可能被记忆留用，成为兴建“看不见”的城市时最重要的材料，不可替代的材料。

“看得见”的城市里重复的“事实”创造了记忆，而记忆中重复的“符号”创造了“看不见”的城市。这两种互惠的重复确保了这两座城市的和平共处，也确保了吉尔玛的身份和安全。

对立的宗教：第十座城市

现在，马可·波罗准备将他高贵的听众带进一类新型的城市。他为这一类新型的城市选用了一个含义丰富的形容词，为汉语的翻译设置了难以逾越的障碍。这个看上去很简单的形容词到底应该翻译成稀薄、微小、细瘦还是脆弱？伊萨伍拉（Isaura）是这一类城市中的第一座。这座“千井之城”一开始就让马可·波罗捉摸不透。他有点犹豫了。他好像在担心他的叙述会伤害这座城市的健康。他没有勇气去充当“全知的”叙述者。他在第一句话里就使用了被动语态，多少触犯了叙述的禁忌。他是不得已才这样做的。他自己不想对叙述负责，但又不愿意让别人越俎代庖。“被动语态”为他打破了这个僵局：“据说”，伊萨伍拉的底下有一个很深的湖。叙述者的真实身份被这“据说”掩盖起来，而他的声音却马上就被转化成了马可·波罗本人的声音。经过这样的整容手术，关于伊萨伍拉的叙述听起来就好像是一种“复述”。

马可·波罗复述道，在这座城市里，不管从什么地方垂直打下一个足够深的洞，都能够抽出清凉的湖水。这座城市的大小与城市地下的湖面的大小完全相等，“看得见”的风景完全由“看不见”的风景来决定。湖水在岩石“钙质的天空下”荡漾，推动着阳光下所有的运动。

对这样一座已经完全“被决定”的城市来说，还有“什么”可以和值得去谈论的呢？就像对一个完全被奴役的人一样，我们至少还可以去谈论这座城市的信仰。马可·波罗果然话题一转，他注意到了与伊萨伍拉特殊的生理结构相应，这座城市里也并存着两种对立的宗教。

他仍然没有勇气去充当“全知的”叙述者。他仍然用“据说”将这两种对立的宗教复述出来。“据一些人说”，这座城市的神祇居住在湖的深处。这样的神祇显然是威严、高贵、冷漠、孤傲和不可接近的。它们所代表的宗教一定非常严厉，一定屈从于形形色色的禁忌，一定对世俗生活充满了不满和忧虑；而“据另一些人说”，这座城市的神祇附着在“看不见”的湖水与“看得见”的城市之间所有那些湿漉漉的通道的尽头：从井口到辘轳、从吊桶到滑轮、从水泵的把手到风车的桨片、从螺旋探头的支架台到脚手架顶部的风向标……日常生活中只要有水渍的地方就会有这些神祇的踪迹。这样的神祇肯定是随和、朴实、温情、谦恭和平易近人的。通过连接着湖水与城市的数不清的通道，这些畅快的神祇将欢乐和生命带给了伊萨伍拉。它们所代表的宗教一定非常宽容，一定无所顾忌，一定对世俗生活充满了向往和贪恋。

这前一种宗教是高高在上的宗教，而这后一种宗教却是脚踏实地的宗教。尽管马可·波罗并没有直接在“内容”上对这两种对立的宗教作出价值判断，他却通过“形式”显露了自己的偏好：他复述后一种宗教的句子长度是他复述前一种宗教句子长度的五倍。这种数量上极端的“不对称”在马可·波罗的叙述里极为罕见。它显然是在传达一种信息。这明确的信息使《看不见的城市》的第一部分在一种狂欢节似的气氛中结束。

但是，叙述的目的地通常并不在它结束的地方。接下来，关于伊萨伍拉的叙述还会凭借惯性继续吸引听者的注意。尽管这两种对立的宗教在同一座城市的共存有它深刻的“物质基础”（它与伊萨伍拉天然的特殊生理结构“相对应”），但是，这种“共存”却很难不受一时的社会精神状况和社会结构的干扰。也就是说，这两种“对立”的宗教有一天很可能会转变成“对抗”的宗教。就这样，马可·波罗将他的听众带到了想象的绝境。

这种对抗的结果将会是什么？历史的难题可以被处理得像一道简单的数学题。根据简单的形式逻辑，伊萨伍拉能够见证的结果只可能有三种：“弱肉强食”“两败俱伤”或者“同归于尽”。

但是，也许还会存在一种更为深刻，也更为可怕的结果：精神的对抗也许会导致这座城市生理结构的变异。这种变异肯定会损害伊萨伍拉的健康甚至危及它的生命。这种结果也许会让马可·波罗的听众选定关于那个含义丰富的形容词的准确解释：因为存在着两种对立的宗教，伊萨伍拉实际上是一座非常“脆弱”的城市。

权威的沉默：第十一座城市

这一次，“那位”旅行者“被邀请”到了又一座与“记忆”相关的城市。除了参观访问之外，旅行者在这座城市还肩负着一项非常敏感的“任务”：他被邀请去审查一些陈旧的明信片。在那些明信片上，他将看到这座城市（或者说是所有的城市）田园诗一般的“往昔”：在现在公共汽车站的位置，明信片保存的是一只公鸡；在现在高架桥的位置，明信片保存的是一座露天的乐池；在现在兵工厂的位置，明信片保存的是两个在白色的遮阳伞底下闲聊的女人……这些由明信片保存下来的景象既是令这座城市自豪的“往昔”，又是令这座城市惋惜的“往昔”。

旅行者就像是终于进入了“城堡”的土地测量员。他马上就理解了自己尴尬的处境：他必须测量这座城市从往昔到现今的距离。可是，他既不能使用他的职业训练带给他的尺度，也不能使用他的文化修养带给他的眼光。他只能动用他的“世故”来对这种距离下结论。按照马可·波罗的说法，“如果”旅行者不想让这座城市的居民“不”高兴，他就必须赞扬明信片上的玛伍瑞利娅（Maurilia），他就必须像这座城市的居民一样更加迷恋“往昔”的玛伍瑞利娅。他当然不想让这座城市的居民不高兴，所以他唯一的出路就是改变自己。也就是说，旅行者以权威的身份“被邀请”来完成这项敏感的任务，但是，他只能通过放弃自己的权威才可以顺利地完成任务。到下结论的时候，他已经不再是具有独立人格的鉴赏家了。他已经变成了言不由衷的代言人：他知道他的“结论”必须完全符合邀请方的意向。

甚至他对变迁所表达的“惋惜”都代表着邀请方的利益。他必须承认“看得见”的繁荣的大都市玛伍瑞利娅丢失了“看不见”的淳朴的小城镇玛伍瑞利娅的魅力，尽管他确信，在当时那个小城镇的居民的眼里，玛伍瑞利娅可能根本就不具备任何魅力；尽管他肯定，如果这座城市一直保持原来的风貌，它在现在的居民的眼里可能也同样毫无魅力；尽管他知道，其实正是通过新城市的形成以及旧城市的消亡，人们才可能带着怀旧的伤感去回望往昔，去“发现”旧城市原来并不具备的魅力。这是“形成”带来的魅力，这是“创新”带来的魅力，这是“时间”带来的魅力。不幸的是，建立在他权威的解读基础上的“确信”“肯定”和“知道”都完全不合时宜。他很清楚这一点。他只能小心翼翼地将它们深藏在拘谨的让步从句里。他只能用他的世故来取代他的权威。他只能用权威的沉默，去顺应新城市的居民对只能从明信片上看到的旧城市的眷恋。

他必须小心翼翼。他惊人的阅历使他能够洞悉关于“新”城市与“旧”城市之间更复杂的关系。但是，他同样不能向玛伍瑞利娅的居民们揭示这种极端的关系。这种极端的关系就是“没有关系”。也就是说，在同一个地点，以同样的名字先后建立的不同的城市之间，可能没有任何的联系：新城市在诞生的时候不知道旧城市曾经消亡，旧城市在消亡的时候不知道新城市即将诞生。新城市与旧城市之间可能没有任何的交流，哪怕它们的居民可能存在许多相似之处，比如他们使用同样的名字，甚至拥有同样的面孔和同样的口音。这时候，新城市和旧城市之间的对比就完全失去了意义。

在马可·波罗看来，玛伍瑞利娅很有可能就是这样的一个例子。那些明信片所呈现的“看不见”的城市也许并不是玛伍瑞利娅从前的样子，而只是一座碰巧也叫作“玛伍瑞利娅”的不同的城市，一座另外的城市。在这种极端的情况下，“看不见”的城市与“看得见”的城市被从由时间链接成的等级结构中解放了出来，获得了认知上的自由和平等。记忆突然失去了它企图挽留的对象，它因此也就变得无地自容了。似乎正是因为这样，在《看不见的城市》中，玛伍瑞利娅被设定为是最后一座与“记忆”相关的城市。

旅行者没有将这种更激进的可能性呈现给玛伍瑞利娅的居民。他必须小心翼翼。他不再是一个鉴赏家，他更不敢成为救世主。他没有将这座城市从对往昔的眷恋和陶醉中唤醒。他只是一个代言人，一个不需要发出自己的声音的代言人。他用权威的沉默给集体的记忆留下了温馨的余地。

但是，玛伍瑞利娅的居民可能永远也不会觉察这种权威的沉默。他们正得意于见多识广的旅行者的认同。他们肯定会将这种认同就当成是权威的声音，当成他们这座城市的水准。他们永远也不会想知道这个被邀请来的权威是怎样通过痛苦的沉默丢失了他自己的水准。

欲望的收藏：第十二座城市

在主要是由石头建筑构成的灰色的市中心，那座金属的建筑当然非常晃眼：它肯定是“进入”费朵拉（Fedora）的重要通道。马可·波罗对那座建筑的形式没有什么兴趣，他没有提及它属于什么流派或者它有什么样的结构。他专注于那座建筑的内容。这内容也就是它里面所有那些房间的共同特征。马可·波罗告诉他尊贵的听者，那座建筑的所有房间里都陈列着一只水晶玻璃球。

他将他的听者直接带到了展品的跟前：从每一个水晶玻璃球里面，“你”都看到了一个蓝色的城市。紧接着，他为迷惑不解的听者挑明了展品的意义。这众多的蓝色的城市是一个个“看不见”的费朵拉的缩影。这些费朵拉从来没有变成过“现在”的费朵拉。它们只是在费朵拉居民的想象中存在过和存在着。

一座“看得见”的城市的后面总是存在着无数可能的“看不见”的城市，正像在一部作品最后的版本后面，还存在着无数可能的版本；或者在现实的配偶后面，还存在着无数理想的配偶一样。一座城市可能的存在形式当然是不可穷尽的。但是，所有这些“可能的”存在形式却都经历了一种共同的命运：尽管它们面对的是不同的“现在”，它们却都遭受了“现在”的冷遇。不管它们的趣味和价值是面向过去，还是面向未来，它们代表的都是一种根源于欲望的向往。而“现在”与这种向往之间存在着不可逾越的鸿沟。

这种鸿沟正是人们为什么要将这种向往制成模型的原因：他们要想用自己的欲望来挑战有形的“现在”，就必须将自己无形的欲望通过一种具体的形式呈现出来。有趣的是，当这种欲望通过模型被固定下来之后，它所挑战的“现在”却已经发生了变化。向往中的城市因此失去了它的对手和坐标，因此也就失去了它的实用价值。它所指向的未来只是相对于那种变化之前的“现在”才有它的价值。现在，那种根源于欲望的“未来”还没有来得及变成“现实”却已经变成了“过去”。“现在”在不断地改变自己的同时，总是迅速地将人们对未来的憧憬转变成历史。

在第四座与“欲望”相关的城市费朵拉，这种历史就被封存在那一个个水晶玻璃球里面。城市中心唯一的金属建筑就是收藏这些水晶玻璃球的博物馆。这座博物馆实际上也就是费朵拉的先辈们“无用的激情”（萨特语）的纪念碑。他们被囚禁在水晶玻璃里的欲望，在生生不息的时间里等待着未来居民的走近、注视和沉思，等待着与激荡在注视者心灵中的欲望的相遇和共鸣。这种“现在”与“过去”的私通，变成了费朵拉的生活方式，以及费朵拉的未来。这座城市与它的居民就是通过这种欲望之间的沟通，在改变着对方并且改变着自己。

也就是说，这样一座保存欲望的博物馆并不是这座城市里的一个死角。相反，它是这座城市通向未来的一条出路。根源于欲望的向往虽然从来没有变成过“现在”，却总是占据着“现在”的一个角落，并且借助回忆或者想象的增援，不断策动新的欲望对“现在”进行徒劳的反叛。被封存的欲望仍然像幽灵一样，在费朵拉忧郁的未来里徘徊。

这时候，马可·波罗突然更贴近了他的听者。他第一次在他的叙述里直接呼唤他的君主。他告诉这位充满壮志的君主，现实中的费朵拉和想象中的费朵拉都同样是真实的。但是，这还只是问题浅显的一面。问题复杂的一面是，在马可·波罗看来，这两种费朵拉又其实都是假想的。这就好像是说，现实中的配偶与想象里的恋人其实都是一种“假设”。现实“假设”了必然性：它接受了太多完全没有必要接受的规则和限制；与它相反，想象“假设”了可能性：向往中的费朵拉以为自己代表着这座城市可能的未来，而实际上，那种未来永远也不可能到来。

这种奇特的看法最后将马可·波罗引向了一个现实的话题。他提醒眼前的君主，说在他值得骄傲的地图上除了可以安置一个“石头的”（实际的）费朵拉，还可以安置无数个“水晶玻璃的”（想象的）费朵拉。也就是说，那“莫非王土”的疆域不仅可以遍布于“溥天之下”，还可以堆积在君王的神经末梢。也就是说，欲望和想象可以令一个君主用非暴力的方式拥有无限的空间，也可以让一个帝国的版图深入无限的时间。

绝种的差别：第十三座城市

在进入柔依（Zoe）之前，这位旅行者的心中似乎并没有疑惑。他总是去想象那座等待着他的城市是什么样子。他想象城市里的宫殿、城市里的兵营、城市里的磨坊、城市里的剧院、城市里的市场。他的想象建立在他的阅历之上，因为在他经过的所有城市里，不仅仅所有建筑的排列依照着不同的秩序，而且每一座建筑与其他建筑之间都存在着足以将它们彼此区分的差别。这是一种抽象的差别，一种本质的差别。或者说，这是差别本身。这种差别使每一座建筑都变成了一个符号。通过一组被他的阅历精选出来的规则，在进入一座陌生的城市的时候，旅行者可以很敏捷地对呈现在他眼前的符号进行一组演算。紧接着，他马上就能够精确地辨认出宫殿、庙宇以及酒吧、监

他总是去想象那座等待着他的城市是什么样子。他想象城市里的宫殿、城市里的兵营、城市里的磨坊、城市里的剧院、城市里的市场。

狱和贫民窟。马可·波罗告诉他的听者，有人认为旅行者的认知过程证实了一个这样的假设：在每个人的头脑中都存在着一个仅仅由“差别”构成的城市。这座“看不见”的城市事实上是所有城市的原型。它是一个先验的认知图式，是“纯粹理性”。所有“看得见”的城市都不过是对它的一种证实。这个有趣的假设几乎动摇了马可·波罗的叙述给他的听者带来的全部乐趣。

马可·波罗马上用一个否定句将他的听者稳住。他说这并不是柔依的情形。在这第三座与“符号”相关的城市里，“差别”完全消失了。在这座城市里的任何一个位置，你都可以是所有的人或者做所有的事情。比如你可以依次是圣人、凡人和小人；或者你频繁改变身份，轮流做市长、贪官和囚犯。你不再能够肯定一个具体的场所究竟是教堂还是食堂，究竟是研究院还是养老院，究竟是手术室还是聊天室，究竟是市政厅还是交易所……走进这样一座城市，你就是走进了被东方哲学家憧憬了上千年的“无差别境界”。

但是，这位饱经风霜的旅行者突然对眼前的城市充满了疑惑。他注意到，城市里任何金字塔的尖顶下面，也可以是麻风病院或者是宫女的浴室。他已经无法辨认出城市里的任何特征，“看得见”的柔依掩盖了所有具体的差别，也模糊了旅行者保存在头脑中的那些“看不见”的抽象的“差别”。也就是说，看得见的城市完全覆盖了看不见的城市。行走在这座看得见的城市里，除了疑惑，旅行者不再能够感觉到任何东西。他知道，这座消除了所有差别的城市，实际上是一种不能再细分的物质：物理反应、化学反应、生理反应或者心理反应对它都不再起任何作用。他对这种顽固不化的存在充满了疑惑。

这是第一次，马可·波罗只能够用“问题”来结束他的叙述。他（或者说卡尔维诺）让充满疑惑的旅行者提出了两个问题。其中那个抽象的问题是，为什么会存在一座这样的城市？这是一个关于存在意义的问题。它不可能存在唯一的答案。这种抽象的问题展示了旅行者疑惑的深度。

旅行者的另一个问题比较具体：区分这座城市的里面和外面的界限是什么？或者更具体一点，怎样才能够区别城市里面车轮的辘辘声与城市外面狼群的嚎叫声？这显然是非常情绪化的问题。这是旅行者的明知故问。既然在这座城市里面所有的区别都不存在了，哪里还会存在标记那些区别的界限呢？这种提问只是面对无法理喻的现实时，旅行者能够做出的唯一的反抗和人性的反抗。

这位旅行者大概已经意识到了，柔依可能就是所有城市的发展方向和终点。只要时间允许，所有的城市都将会变成没有“差别”的国际化大都市。在那里，所有的人都将失去自己的身份，所有的生活都将变成平庸的复制品。而对旅行者最大的威胁是，在那种没有差别的未来世界里，“旅行”已经完全失去了意义，因为他已经无法再“生活在别处”。

失宠的幸福：第十四座城市

与第一座“脆弱”的城市不同，泽娜碧娅（Zenobia）醒目的地方不是形形色色的管道，而是高高低低的桩子。这座城市的房屋和街道就架构在这些桩子之上。这座被架在空中的城市并没有被“架空”，它具备一个城市应该具备的最基本的设施。在后现代的视野里，如此架构起来的城市好像是一座巨大的游乐场之中的一个很小的角落。

经过这么多的岁月，经过这么多的变迁，已经没有人能够记得是什么样的需要、什么样的欲望或者什么样的指令，使泽娜碧娅最早的建设者要将这座城市建设成这种样子。马可·波罗对这种集体的失忆并没有特别的感叹。他的敏感朝向另外的奇迹，他注意到了一个奇怪的现象：当被问及什么样的生活才是“幸福”的生活的时候，泽娜碧娅的居民总是会去描述一个结构上与泽娜碧娅类似的城市，也就是一个由桩子上的房屋和悬空的街道构成的城市。在他们看来，只有生活在这样的城市里，生活才可能是幸福的。马可·波罗对泽娜碧娅的居民关于幸福的见解充满了感叹。

流逝的岁月已经给泽娜碧娅添加了太多的附着物。这座城市最初的建设方案已经不可能被准确地呈现和诠释。然而，这座城市的"要素"，这座城市最初的构思中就已经携带着的"要素"却从来没有流失。这些"要素"不仅仅凝固在这座城市的基础设施中，而且还升华到了这座城市的"上层建筑"里，成为这座城市居民们伦理判断和价值尺度的基准。就是这些"要素"决定了泽娜碧娅世世代代的居民们关于幸福的观念。

那种顽固的观念对旅行者的欲望来说，轻则是一种讥讽，重则是一种挑衅。马可·波罗依然向往旅行，依然向往东方，依然对陌生的世界和未知的世界充满了好奇和欲望。面对这样的讥讽或者挑衅，他的策略似乎与那位被邀请到玛伍瑞利娅的权威一样，也只能是"自我改变"。但是，他没有步那位权威的后尘。他不想让自己沉默，他没有将个性埋没。他注意到，脆弱的泽娜碧娅却有着顽固的价值观，这使幸福本身不再是一种有意义的尺度，因为根据那种观念，一座城市的生活是否幸福的充分必要条件已经被简化为“是否具备泽娜碧娅所具备的那些要素”。也就是说，当且仅当一座城市具备那些要素的时候，那座城市里的生活才可能是幸福的。他敏感地得出结论：这种苛刻的条件事实上否定了所有其他城市的“幸福”。

马可·波罗没有埋没自己的个性。既然“幸福与否”已经不再是对城市进行分类的理想尺度了，他开始根据自己的需要修改自己的价值体系中的基本设置。他选用推动他马不停蹄的“欲望”作为新的分类标准。根据这种标准，他经历过的城市可以被分成两类。一类是与欲望“和谐”相处的城市。这一类城市总是能够不断地用自己的形式或者魅力来充实欲望，来创造欲望。另一类则是与欲望关系“破裂”的城市。这一类城市又被细分为两种极端的类别：一种是“人欲横流”的城市，在那里，欲望“抹杀”了城市；而另一种是“了无生气”的城市，在那里，城市“抹杀”了欲望。

这种新的分类标准似乎也带来了对城市生活的一种

不同的看法。根据这种看法，“幸福与否”对人生来说也许并不重要，重要的是要无条件地保持着生活下去的“欲望”。即使在最不幸的境况之下，这种顽强生活下去的“欲望”都可以而且应该如火如荼。

用“欲望”来代替“幸福”，就是用“运动”来代替“静止”。如果“幸福”意味着抵达，“欲望”所代表的就是不断出发。一位天赋的旅行者只能够将这“不断出发”当成他的荣誉。他对“幸福”的贪恋如果不会“玷污”这种荣誉，也至少会分散对这种荣誉的专注。

于是，这位抵达泽娜碧娅的旅行者没有向这座城市里占统治地位的观念低头。他冷落了故步自封的“幸福”，让它尝到了“失宠”的滋味。他需要继续前进，朝着陌生的东方，朝着陌生的未来……

交换的记忆：第十五座城市

来自不同国家的商人每年都会在这座城市里相聚四次。欧菲米娅（Euphemia）因此成为《看不见的城市》中的第一座与“交易”相关的城市。有趣的是，这四次壮观的交易会都不设“组委会”。它们是根据地球与太阳的相对位置“自然地”形成的。它们分别出现在春分和秋分以及冬至和夏至的那一天。这种与自然的节律相适应的商业活动（或者说与“自然”密切相关的“文明”）当然是欧菲米娅最显眼的特征，是这座城市“看得见”的特征。

因此，我们看见了那一艘停泊在港口的商船：人们从那里卸下了生姜和棉花，又立即用坚果和罂粟籽将货舱塞满；因此，我们还看见了刚刚抵达的骆驼商队：他们卸下了肉豆蔻和葡萄干，马上又在鞍囊里塞满了金色的麦斯林纱匹。这样看来，无论是商船的主人还是骆驼商队的领队，他们来到欧菲米娅的目的好像都只是为了“回家”。他们没有将这座城市当成德丝媲娜（第八座城市），当成他们各自的“荒漠”的边界，当成想象中的新生活的起点。他们来到欧菲米娅的目的好像只是为了“满载而归”。他们好像只是为了“家用”的需要来这里交换商品，而不是为了交换身份或者交换各自的“荒漠”，交换各自下一段的旅程。

但是，事情并没有这么简单。马可·波罗急不可耐地告诉他的听者，商人们来到欧菲米娅的目的其实并“不仅仅”是为了交换商品。听上去，他对“商品”这个词不太友好。他用了一个很冲动的定语从句来限定“商品”。他肯定，能够在欧菲米娅买到的那些商品“同样”可以在帝国内外的每一个市场上不太困难地得到，在“同样”的黄色草席上，在“同样”的简陋凉棚下，用“同样”的砍价技巧……在同一个句子里，“同样”的四次出现暴露了马可·波罗对“商品”的厌倦甚至反感。

如果生意只是一个幌子或者一个附带的目的，那么，这些来自五湖四海的商人们主要是为了什么才来到了欧菲米娅，而且还要伴随着季节的节律在一年之中“四次”来到欧菲米娅呢?

他们是为了令人难忘的夜晚而来的：当夜幕降临的时候，市场的四周会生起一堆又一堆的篝火。远道而来的商人们围坐在这些迷人的篝火旁，开始讲述他们各自的传奇。他们是为了这令人难忘的聚会而来的。漂浮在马可·波罗脑海上的是每一个传奇之中都重复出现的这些关键字：“狼群”“姐妹”“财宝”“战斗”“无赖”以及“恋人”。这些关键字总是会激起在场的每一个商人记忆的涟漪。他们是为了这令人难忘的记忆而来的：这种记忆不仅仅是对自己传奇的记忆，更是对别人传奇的记忆。因为（也许应该说“因此”）每一个关键字上都吸附着无数的传奇，形形色色的传奇。这些传奇互相穿梭和交错，互相映射和吸收，它们构成了“看不见”的欧菲米娅。这些孤独的商人就是为了这些令人难忘的传奇而来的。

但是，马可·波罗和他的听者都知道，天下没有不散的宴席。这迷人的聚会总会要结束。这些孤独的商人总是要离去。这是意味深长的离去。因为在从欧菲米娅“回家”的路上，不管是在驼背上摇晃的商人还是在甲板上颠簸的商人都没有去盘算他们的亏损或者收益。相反，摇晃和颠簸再一次唤醒了重叠在商人们记忆之中的传奇。他们开始在记忆中一个接一个地审读那些传奇。他们惊奇地发现自己遭遇过的狼群变成了另外的狼群，自己疼爱过的恋人变成了别人的恋人，而自己寻找过的财宝变成了其他的财宝……他们惊奇地发现在他们刚刚离开的这座与“交易”相关的城市里，他们交换的不仅仅是“商品”，更为重要的是，他们还交换了彼此的“记忆”。通过这种交换，他们自己的传奇变成了他人的传奇，而他人的传奇变成了他们自己的传奇。他们将带着这种交换来的记忆去继续自己的生活，去面对自己的未来。

但是，携带着他人的记忆，他们还能够继续自己的生活吗？他们还能够面对自己的未来吗？

女人的背影：第十六座城市

兴建佐贝依德（Zobeide）是为了一个女人的背影，或者更精确地说，是为了“再现”那个女人的背影。那是一个裸露的女人。那是一个激起了所有男人欲望的女人。她出现在不同国家和不同文化的男人们共同的梦境之中。她在他们的梦中奔跑。她在他们梦中的那座城市里奔跑。做梦的人看见了她飘荡的长发和她裸露的背影。他在被夜色笼罩的街道上尾随着她扣人心弦的背影。遗憾的是，经过那么多的转折和希望，那个始终没有露面的女人最后还是消失了，消失在梦的尽头。

从这充满欲望和惆怅的梦中惊醒，所有做梦的人都出发去寻找伫立在梦中的那座城市。当然，他们没有找到。他们不可能找到。那是一座不存在的城市。可是，他们想去寻找在那里消失的那个女人的背影，而且想要永远留住那个背影。于是，这些做同一个梦的男人凭着对梦的记忆兴建了佐贝依德，这最后一座与“欲望”相关的城市。他们根据各自在梦中尾随那个裸露背影的线路，铺设了城市的街道。因此，佐贝依德的街道看上去就像是一堆纠缠不休的乱麻。而在那个诱人的“逃犯”最后逃脱的地方，这些绝望的男人却没有去反映梦中的“真实”：他们求助理性，重新布置了空间和城墙，想以此来弥补梦中的漏洞。他们想借助理性的力量来放纵欲望的贪婪。经过这种理性的重建，他们肯定那个女人的背影不可能再从它从前消失的地方消失了。

这些做梦的人就在自己兴建的城市里住下了。日复一日，他们耐心地等待着夜幕降临；年复一年，他们焦急地期待着那个女人的背影的再现。可是，他们中间没有任何人再能够看见那个女人的背影了，不管他们是温情地凝视着眼前的街道，还是纵情地搜索着梦中的黑夜。他们没有去反省理性。他们没有意识到对梦的违背是他们自己致命的过失，是他们兴建的这座城市最根本的缺陷。那个在所有男人的梦中奔跑的女人是绝对的自由，无限的自由。她的“出路”是她的“出现”的必要条件。如果不能够从欲望中逃脱，那个女人就不会进入欲望的视野。如果不能够从梦的尽头消失，那个女人就会从所有的梦中消失。无限的自由永远也不会成为理性的猎物。

令人心灰意冷的等待和期盼终于将欲望窒息了。城市里目的性极为明确的街道，渐渐失去了与自己极为明确的目的的联系。它不再能够激发那些做梦的人原始的冲动和丰富的想象。最后，做梦的人不再做梦。他们将这些街道当成了只是去“上班的”路。他们忘记了这些街道与他们充满欲望的梦境之间的血缘关系。而这种血缘关系代表着他们生活的意义。他们生活的意义就是去追寻理想的背影，去追寻不可能追到的真的美和美的真。他们的生活之所以有意义就是因为他们有这样的一个梦，一个永远不会与现实“成交”的梦。

“看不见”的城市里的诱惑一直没有能够在“看得见”的城市里再现。这冷漠的事实使佐贝依德最早的一批居民变得庸庸碌碌。这些城市的建设者忘记了他们兴建的这座城市的来历。这意味着他们不仅仅与自己的欲望失去了联系，也失去了理解别人的欲望的坐标：当新的一批做梦的人兴奋地来到佐贝依德的时候，他们居然一点都不理解他们的兴奋。新的一批做梦的人因为找到了与自己梦中的城市相似的城市而兴奋。他们对眼前的街道又做了一些小小的改动，使它们与自己梦中的街道更加接近。不过与他们的先行者一样，他们还是没有在那个女人的背影消失的地方，宽容地为“绝对的自由”留下一条出路。

这个雷同的细节使马可·波罗没有必要再去叙述这新一批居民将来的变化。他用最后一句话表达了佐贝依德最早的居民对新居民的费解。在过来人的眼里，他们自己兴建的城市其实只是一个“丑陋的”城市，一个吞噬了美感和欲望的陷阱。他们在这座为了让自己梦想成真的城市里丢掉了自己的梦想。那么，何必当初呢？当初为什么一定要从五湖四海走到一起，来兴建一座这样的城市呢？

而更重要的是，他们对过去的懊悔变成了对现在的冷漠：他们完全不理解新一代的居民为什么要走进这样一座“丑陋的”城市，这样一座陷阱般的城市。正是这种代与代之间的“不理解”将要导致这座城市历史的断裂。

语言的谎言：第十七座城市

在这座充满了谎言的城市里，第一人称单数一共出现了20次。这频繁的出现使“我”经受了前所未有的心理冲突。“我”必须在经验和符号之间作出冷静的选择。那些含辛茹苦地积累起来的生活经验突然变得毫无用处了。在这座城市里，只有相信符号的误导和跟随符号的误导，才可能找到生活的正确方向。

海琶提亚（Hypatia）是第四座与“符号”相关的城市，也是到目前为止，马可·波罗用最长的篇幅叙述的城市。这座城市首先将倒映在潟湖中的木兰花园呈现在旅行者的眼前。然后，它引诱他沿着树篱行走。旅行者自然窥见了正在树篱后面沐浴的年轻漂亮的女人。但是，他同时也看到了深藏在潟湖底部的那些自杀者的尸体：

那是一个裸露的女人。那是一个激起了所有男人欲望的女人。她出现在不同国家和不同文化的男人们共同的梦境之中。她在他们的梦中奔跑。她在他们梦中的那座城市里奔跑。做梦的人看见了她飘荡的长发和她裸露的背影。

海草正在纠绕那些死者的头发，螃蟹正在噬咬那些死者的眼睛。

以第一人称单数形式出现的旅行者首先肯定是受惊了。接着，他马上又有了一种受骗的感觉。他决定上访。他朝苏丹的宫殿走去。他想为那些蒙冤而死的人讨回公道。他沿着斑岩石的台阶一直走到了宫殿的入口，又很快穿过六座带有喷泉池的庭园来到了正殿的大门。但是，他再一次受惊和受骗了：这座城市最高的穹顶底下竟不是苏丹听政的地方。透过挡住了去路的铁栅栏，这位仍然相信正义的旅行者看到的是那些脚戴着镣铐的囚犯：他们正将玄武岩的石块从大地深处的采石场里背上来。

迷惘的旅行者知道他只能去求助哲学家了。他迷惘地走进了收藏“符号”的图书馆。他又一次受惊了，因为他发现哲学家并没有如他想象的那样坐在犊皮和纸莎草纸的经卷中间。一个正坐在草席上吸食鸦片的少年将旅行者的视线引向了图书馆的花园。花园好像是一个“儿童乐园”，里面散乱着供孩子们游戏的陀螺、秋千和九柱戏的木柱。返璞归真的哲学家坐在花园的草地上，与“文字”没有关系。他无疑是一位东方的智者。

马可·波罗在叙述中省去了“我”提出的问题。他直接给出的是哲学家的回答。哲学家回答说：“符号构成了语言，但不是你以为你已经熟悉的那一种。”这很像是一位禅师说出浅显的偈语。

颇具慧根的旅行者从这回答里顿悟到了问题的关键：他必须放弃从以往的生活经验中总结出来的解码逻辑。也就是说，只有从那种逻辑中解放出来，他才可能理解海琶提亚的语言。事实上，海琶提亚呈现出来的符号是一种“说谎”的符号。由这种符号构成的语言是说谎的语言。只有通过这种说谎的语言，他才可能体会这座城市的真实，他才可能进入“看不见”的海琶提亚。

于是，旅行者这样来理解和使用海琶提亚的语言：当他需要音乐的刺激或者滋养的时候，他知道他应该去墓地。这个城市的音乐家们都躲藏在墓穴里。笛声和琴声在坟墓与坟墓之间颤抖和波动。而当他听到骏马的嘶鸣以及马鞭的抽响时，他感到的是性欲的战栗，因为马厩的深处或者跑马场上，是这座城市里最漂亮的女人出现的地方。她们上马的动作、她们裸露的大腿以及她们小腿上的护胫都散发出难以抵制的诱惑。那些敢于走近她们的陌生人马上会被她们惊天动地的激情所折服。她们会将他们推倒在干草或者锯屑堆上，用她们已经挺拔的乳头压住他们风尘仆仆的身体。

在已经厌倦了海琶提亚的那一天，根据他对这座城市语言的理解，旅行者不是下到港口去等待，而是爬上了要塞的尖顶。他知道他应该在那里等待过路的船只。很明显，他正在等待的是离他的世纪还过于遥远的“飞艇”。如果他在爬上要塞的尖顶之前还没有失去理智的话，这种等待最后也很可能让他陷入不可逆转的疯狂。

一个接踵而至的问题拯救了他。他刚刚开始等待就对这种等待产生了疑问。他的问题是，飞艇果然会从这里经过吗？既然他的等待是建立在他对谎言的理解之上，他有理由这样怀疑。而他的问题将他迅速带进了一条颠扑不破的真理：世界上没有不说谎的语言。也就是说，说谎的语言本身也在经受“谎言”的欺骗。这条真理确保了旅行者思维的清醒。他可能很快就会意识到他不应该在要塞的尖顶上等待能够将他接走的飞艇。对他已经习惯了的这种充满了谎言的语言来说，它最后的那个语句一定是“对谎言的说谎”。正是这种“对谎言的说谎”

能够将他带离谎言。是的，他意识到他还是应该去码头上等待能够将他接走的船只，而不是在要塞的尖顶上等待荒诞的飞艇。

他意识到，他从自己的母语中习得的逻辑才会为他打开通向下一座城市的行程。

清晨的歌唱：第十八座城市

“看得见”的阿米拉（Armilla）为什么会是眼前的这个样子，“我”并不知道。与关于海芭提亚的叙述形成强烈的对比，在关于阿米拉的叙述里，第一人称单数只出现了两次。当它第二次出现的时候，“我”对看得见的阿米拉已经有了自己的解释。

但是一开始，“我”并不知道眼前的这座“脆弱”的城市究竟是一座未完成的城市，还是一座已经被捣毁的城市，或者说究竟是一座在有人入住之前就已经被抛弃的城市，还是一座在人们入住一段时间之后才被抛弃的城市。出现在他眼前的这座城市是由直立和平卧的水管构成的。在这些水管的尽头，各种各样的龙头和喷嘴以及像“依然悬挂在桠枝上的熟透的果子”一样的浴缸和盥洗盆，呈现出了生活的欲望（如果它是一座未完成的城市），或者生活的痕迹（如果它是一座被捣毁的城市）。这座城市没有墙壁也没有地板。它的每一个角落都裸露在阳光之下，它有最充分的“采光”。

与其说这是一座城市，还不如说这是一座“水管的森林”。面对眼前的景象，“我”很自然地在两种更细节化的猜测之间犹豫：这究竟是一片水管工已经撤走而泥瓦匠还没有进驻的闲置的工地呢，还是一座经受过地震的猛烈袭击或者白蚁的疯狂进攻之后的城市留下来的遗迹？

这种犹豫丝毫没有动摇“我”积极向上的生活态度。他肯定，不管是哪一种情况，阿米拉都不应该被看成是“废墟”。未完成的城市自然充满了希望，因为它面向未来，面向将来完成。而灾难之后的遗迹也同样没有颓废的导向，因为它显示出了这座城市供水系统（也就是这座城市的生命线）的坚固：也就是说，这“脆弱”的城市在体质上并不脆弱。

更重要的是，马可·波罗引导他的听者“瞥见”了这座坚不可摧的城市里坚不可摧的美：只要“你”抬起头，“你”就会瞥见那些在露天的浴缸里或者喷头下尽情享受着阳光和沐浴的女人。散射的水花和飞溅的泡沫在阳光下闪闪发光，就像是在“水管的森林”里回荡着的音符。紧接着，他还让他的听者捕捉到了这些女人们出浴时的媚态：她们优雅地擦干身体上的水渍。她们优雅地往身体上喷洒香水。她们优雅地坐下来，对着也许有点倾斜的镜子梳理起她们优雅的长发。不管天灾人祸怎样摧毁了这些女人们生活的环境，她们都要用坚不可摧的从容和美感来延续楚楚动人的生活。

这究竟是幻觉还是实景？这究竟是人间还是仙境？这些与清纯的流水情同手足的女人们让叙述者第二次以“我”的身份在叙述的过程中出现。这一次，他带来了他自己关于阿米拉的解释。他解释说，在阿米拉的水管中流淌着的水是由水仙们掌管的。这些精灵向往新的世界：她们喜欢在新的游戏中愉悦同伴，她们喜欢在新的镜子里自我陶醉。她们喜欢所有新奇的享受流水的方式。根据这种解释，“看不见”的阿米拉既不是实际的人间，也不是缥缈的仙境，而是“天”与“人”的融合，是人间的仙境。

这种解释缓解了马可·波罗对“看得见”的阿米拉的疑惑和犹豫。也许阿米拉就是一个遗迹：水仙们美丽的狂欢使人类自惭形秽也无地自容。他们不再是这座城市的居民了。他们变成了这座城市坚不可摧的美的偷窥者；也许阿米拉只是一片工地：人类想用这新建的城市来表达对自己破坏环境（滥用水资源）的忏悔，并且为遭受污染的水仙们提供一片清新而享乐的天地。在这种意义上，这座"脆弱"的城市就像是人类献给水仙们的供品。

现在，去追究阿米拉为什么是眼前这个样子已经没有什么意义了。也就是说，原因已经不重要了，因为"我"已经清楚地知道了结果。这清楚的结果就是，在阿米拉，水仙们现在生活得非常满足，因为马可·波罗与他的听者一起听到了她们满足的歌声。在所有的清晨，水仙们都会用清纯的歌声去迎接阿米拉的光明。她们用歌唱来表现她们对"供品"的满足。

这清晨的歌唱使马可·波罗对接下来的旅程充满了向往。

圣洁的交易：第十九座城市

在到达与“目光”相关的城市之前，“目光”已经在扮演重要的角色：它提前一站出场，出现在第二座与“交易”相关的城市里。这座城市的区别性特征是，在它的街道上行走着的人们都互不相识，而且永远都互不相识。这座城市里的每一个人都是永恒的“陌生人”。是与众不同的“目光”塑造了克洛依（Chloe）这种冷漠的特征。

视觉上的陌生也许是“陌生”最基本的形态。出现在克洛依的人们尽管对未来的每一次“相遇”都有细节丰富的想象（比如他们会想到交谈、惊喜、拥抱和亲吻等），而在相遇的时候，他们想象的细节却总是没有出现。事实上，那些想象的细节也永远不会出现，因为这些陌生人在“相遇”的时候，连最基本的视觉上的问候都没有：他们的

“目光”从来没有足够的纠缠。每当有了目光的接触，这些陌生人就会迅速将自己的目光移开，将它投向其他的目光。紧接着，又迅速从那其他的目光移开，投向另外的目光……克洛依的目光就这样永远不停地变换着自己的方向。

在这样一座从不“专注”的城市里，人们能够从事什么样的交易呢？马可·波罗没有直接回答这个问题。他用叙述慢条斯理地再现应接不暇的“街景”：一个扭动着臀部的女子、一个颤动着嘴唇的老妇、一个文身的巨人、一个头发花白的青年……永不专注的“目光”在这些陌生的景点之间迅速地流动。它们用无数生命期极为短促的线段拼构出无数简单的三角形和复杂的多边形。正是这无数的几何图形构成了“看不见”的克洛依。

不难看出，不断流动着的“目光”就是这座与“交易”相关的城市里最具有特色的商品。人们正是为了交换这种特殊的商品才来到了克洛依。在这座城市的街道上，这些永恒的陌生人目“不断”转睛，分享着流动的利润。这种目光与目光之间闪电似的交易显然是“交易之最”，是最圣洁的交易，因为它不依赖于丧心病狂的算计，又不会造成隐藏着社会危机的得失。而且这种交易还是纯天然的，它不会对未来施加环境的压力。更重要的是，这种交易还是不断持续的，它不允许生活以任何冠冕堂皇的名义和借口停顿下来。它要让克洛依通过目光不断的流动保持住自己的圣洁。

有时候，这座城市里的匆匆过客也会停止脚步，因为突然的暴雨，因为市场的拥挤，或者因为广场上响起的迷人音乐。即使在这种时候，生活也没有停顿。事实上，这种“停留”通常会给生活更冲动的形式：这些陌生人往往会利用这种停留让自己饱经风霜的身体接受“陌生”的引诱，重温交媾的快乐。但是，即使在这种极端的形式之中，他们也拒绝扩大交易的范围。他们的交媾是最简洁或者最经济的交媾，不需要包括声音的呼应或者手指的缠绕在内的任何其他形式的辅助。在整个过程中，他们甚至不会抬起自己的眼睛。他们不会用“专注”去铭记对方的表情和激情。他们不需要为这种即兴的“停留”保存任何感官上的记忆。或者说，任何形式的停留都不会改变这些在克洛依相遇的陌生人之间萍水相逢的关系，以及他们永远彼此陌生的处境。

这种没有记忆参与的交易当然是最圣洁的交易。克洛依因此被马可·波罗称为最圣洁的城市。对关系的污染无疑是随着“占有”而来的。而占有又来自权力，权力又来自欲望，欲望又来自恐惧，恐惧又来自记忆。记忆显然是污染人际关系的最深的原因。记忆导致“停留”，而停留是占有的胚胎形式，没完没了的苛求和无休无止的计较都发源于此。

不幸的是，克洛依并没有终生的免疫力。欲望的震颤一直都是困扰着这座城市的症状。这座“最圣洁”的城市随时都有可能失去自己的贞洁。一旦人们的目光开始他们功利的“专注”，美丽自由的灵魂就会进化成唯利是图的贪婪。生活就会在这个被熏黑的“地点”停留下来。通过追逐、狡辩、误解、冲突和压制等等劣迹，无数被熏黑的“地点”构成了我们每天都在面对着的现实。在这现实之中，总是有人获利、有人蚀本，有人成功、有人失败。这现实会将克洛依带往何处?

“幻觉的旋转木马终将会要停止下来。”马可·波罗平静地告诉他高贵的听者。尽管从停不下来的“目光”到停下来的“幻觉”，克洛依还有很长的路要走，疲惫的旅行者却已经看到了这座最圣洁的城市不可避免的发展方向：它一定会在令人悲哀的现实中堕落下去。

镜子的魔法：第二十座城市

第一座与“目光”相关的城市瓦尔德拉达（Valdrada）建立在湖的岸边。它的房屋和街道的特殊结构都是为了方便“注视”而设计的。注视的目标是湖水中的瓦尔德拉达的倒影。这倒影与我们习以为常的倒影不同，它不仅仅呈现出岸边的瓦尔德拉达的轮廓和外观，还呈现出它全部的结构上的细节。也就是说，进入瓦尔德拉达的那位旅行者同时看到的这两座城市在细节上是一一对应的。他只能用目光进入的城市，没有放过他能够用身体进入的城市的任何一个角落。他能够在清澈的湖底看见瓦尔德拉达的建筑物的内部。他能够从那里感觉到那些建筑物大厅的深度，甚至衣柜上穿衣镜的光泽。

湖水中的倒影能够呈现的还不仅仅是这结构上的全部

细节，它还会呈现出瓦尔德拉达生活中的全部细节。这座城市的居民清楚地知道他们的每一个行动都必然在湖水中留下一个影像。他们不可能保存任何生活的秘密。无声的影像公开了这座城市全部的生活，甚至最隐蔽的作案和做爱都可以一览无余。瓦尔德拉达是一座没有隐私的城市。在任何行动之前，居民们都不敢有丝毫的懈怠。他们不敢心存侥幸。他们凡事必须三思：三思而后行或者三思而不行。在这座没有隐私的城市里，只有思想不会在清冷的湖水中留下痕迹。

那位旅行者当然很快也就意识到这一点。他能够用目光在湖水中博览瓦尔德拉达的生活。特别重要的是，他看到了由没有被思想或者顾虑遏制住的欲望带来的生活细节：皮肤紧贴着皮肤的恋人们在调整姿势，以便给自己和对方带来最大的快感……刺进肌腱的匕首在溅涌的血块中，继续无情又强悍地推进。但是，他的发现并没有停留在这里。他发现，这存留在清冷和透明的湖水中的交媾和凶杀的影像虽然丢失了激情的生活中的温度（皮肤和鲜血的温度）以及激情的生活中的喘息（凶手和恋人的喘息），却比交媾和凶杀的行动本身更有意义。也许是因为这些影像将通过旁观者的“目光”进入记忆、进入语言、最后进入时间？也许是因为这些影像将通过旁观者的“目光”引起进一步的行动（比如苦闷、恐惧和惩罚），将生活推向未来？

那位旅行者发现了这一点。他发现在两座瓦尔德拉达之中，水中（影像）的城市比岸边（实际）的城市更为重要，因为它公开了“看得见”的城市里看不见的生活。湖面就像是一面镜子，通过这面镜子形成的影像被物理学当成“虚像”，而这影像对旅行者的心理却产生了最实际的影响。旅行者发现，尽管城市与它的“虚像”之间存在着全部细节上的一一对应，也就是说，它们的尺寸完全相等，可是在价值上，它们却并不全等、并不对称。镜子有时候会增加事物的价值，有时候又会折损事物的价值。这是几乎所有面对过镜子的人都有过的经验：有时候我们会在镜子里看到令自己陶醉的自己，有时候我们又会在镜子里看到令自己沮丧的自己。这是镜子的魔法。这魔法的宗旨是提醒我们“影像”的价值和存在，并且引导我们去崇拜“目光”的价值和存在，进而敦促我们去怀疑“实际”的价值和存在。

影像的瓦尔德拉达当然来自实际的瓦尔德拉达，但是，这只是一种“可以至无穷”的衍生关系的第一步。那位旅行者知道，影像的瓦尔德拉达同样也会导致对实际的瓦尔德拉达的扩建或者改造。“实际”的城市与它的“影像”将在这无限的相互影响的链条中互相依存。与克洛依的那些陌生人不同，瓦尔德拉达和它的“影像”永远存在于——也仅仅存在于对方的“注视”之中。用马可·波罗的话说，也就是这两座城市的“目光”将永远缠绕在一起。从这一点看上去，这两座城市就像是一对形影不离的夫妻，他们的关系应该非常的亲密。可是，马可·波罗却绝望地看到了这亲密关系之中的破绽。

他无情地指出，这两座城市之间没有“爱”。也就是说，实际的城市与它的影像之间没有心理上的亲密。这不是一个特例。这是事物与它的影像之间的通例。这也许就是“镜子”的“原罪”：它让这两座城市的对应过于严格，它让这两座城市在这种过于严格的对应之中同时失去了各自的自由，也就是失去了爱的天空和土壤。镜子增减“价值”的魔法没有能够消化它的“原罪”带来的恶果。

在“看不见”的城市与“看得见”的城市完全对应的地方，“看不见”的城市就失去了它特有的诱惑。

“实际”的城市与它的“影像”将在这无限的相互影响的链条中互相依存。与克洛依的那些陌生人不同，瓦尔德拉达和它的“影像”永远存在于——也仅仅存在于对方的“注视”之中。

符号的诚实：第二十一座城市

在关于奥利维亚（Olivia）的叙述里，马可·波罗采用了一些新的“策略”。首先，他拉近了他与他的听者之间的距离。“英明的忽必烈”一开始就以第二人称的身份进入了这最后一座与“符号”相关的城市。也就是说，他不再是一个被动的听者，而是成了叙述之中的一个角色。马可·波罗恭维这位伟大的君主说：“没有人比你更清楚……”他的整个叙述都是在他的听者的积极参与之下完成的。

其次，马可·波罗将他的整个叙述建立在不断的假设之上。他反复用“如果”来呈现他正在描述的奥利维亚，词语中的奥利维亚。而紧接着每一个“如果”，他又借用他的听者的智慧呈现出另外一座城市，一座对立的城市。

词语中的奥利维亚美观、和谐并且富足。而借助这些词语（马可·波罗的描述），“你立刻意识到的”奥利维亚则充斥着暴力、丑陋以及贫穷。

通过这些新的“策略”，马可·波罗似乎是故意颠倒了“看不见”的城市与“看得见”的城市的位置。词语中的奥利维亚本来应该是“看不见”的城市，却首先被假定出来，成了“看得见”的城市。而“英明的忽必烈”从这些词语中意识到的城市本来应该是“看得见”的城市，却因为语言（这些词语）的障碍与阻隔，成了一般人“看不见”的城市。这显然意味着奥利维亚包含着一个谬误。这谬误到底出在什么地方：是出在描述奥利维亚的过程中（也就是“词语”之中），还是出现在奥利维亚本身（也就是“事物”之中）？

整个关于奥利维亚的叙述就是试图要回答这个问题。

在马可·波罗看来，没有人比忽必烈更清楚，描述一座城市的词语与这座城市本身之间虽然有一定的联系，却永远都不应该互相混淆。为了突出这“更清楚”，他故意将自己的词语与忽必烈的洞察对立起来：从他描述出的清洁，忽必烈会洞察到城市的肮脏；从他描述出的恬静，忽必烈会洞察到城市的嘈杂；从他描述出的祥和，忽必烈会洞察到城市的浮躁。忽必烈的心中似乎装着一部“魔鬼字典”，它首先将马可·波罗选用的词语用它们的反义词来进行解释，然后，再通过这种解释来确定关于奥利维亚本身的印象。

难道被拉近的叙述者与他的听者所理解的城市真的就相距如此遥远吗?

事实上，将被描述的城市与城市本身对立起来并不是马可·波罗的真实目的。他用整个较长的第一自然段来确立忽必烈的权威。在那里，“没有人”比这睿智的君主“更清楚”词语与它们所描述的事物之间的关系。在那里，他总是能够通过激进的理解从词语中找到事物的真相。而在第二自然段的一开始，忽必烈的权威就遇到了怀疑。第二人称最后在这里出现了一次。这次出现与它的第一次出现形成了强烈的对比：“你也许不清楚这一点……”这是一次不太尊重的出现。

接下去，叙述者的声音越来越生硬。他开始与他的听者拉开了距离。他这样做，似乎是想让他的声音被更多的人听到，而不再局限于一个固定的听者。他说忽必烈“也许并不清楚”在描述奥利维亚的时候，他不可能使用其他的词语。他并不是想用词语来美化奥利维亚，他也不是想用美化来蒙蔽英明的君主。对他来说，词语只是关于事物的一种隐喻。与君主之间交流的通畅是他的幸运。他知道这位英明的君主有能力从他描述的城市（也就是词语）里看见他自己看见的那同一座城市。也就是说，他能够正确地还原他自己用隐喻的方式将事物抽象到符号的过程，正确地完成对他的编码的解码。忽必烈的智慧以及马可·波罗对忽必烈的信任，使词语或者说符号获得了特权。

回到关于谬误的问题。马可·波罗的结论是，谬误不在词语之中，而在事物之中。这结论既像是在宣扬唯物主义，又像是在宣扬唯心主义。

带着对符号或者说符号的绝对信任，马可·波罗永远穿过了与“符号”相关的城市。

不断的革命：第二十二座城市

第四座“脆弱”的城市索菲罗妮亚（Sophronia）被分裂成了对比强烈的两半：其中的一半由巨型的环滑车道以及旋转木马等其他各种规模较小的娱乐设施构成，它是一座设施齐全的游乐场；而另外的一半则由大理石和水泥构成，它集中了银行、工厂、宫殿、屠宰场和学校等实际的机构。索菲罗妮亚就是这样一个虚幻（和娱乐）的世界与实际（和职业）的世界的结合体。

索菲罗妮亚的这两个世界不仅在内容和形式上如此对立，而且它们的寿命也相去甚远。根据马可·波罗的叙述，他的听者很快知道了其中的一个世界是“永久的”，而另一个世界则永远都只是“短暂的”。但是，马可·波罗的叙述很稳健又很策略。他没有急于给出具体的答案：

究竟是这座城市的哪一半会永久地存在下去呢？是那看上去很脆弱的那一半（虚幻的一半），还是那看上去很牢固的那一半（实际的一半）？

他首先给出的是“短暂的”原因。那短暂的一半之所以不能够长久，是因为那里不断发生着的“革命”：每当一段平和的使用期结束之后，居民们总是要与旧的世界彻底决裂。他们不仅要拆除那一半城市里的所有建筑，还要铲除那些建筑的整个根基，最后还要清除出由此而堆积起来的全部瓦砾，将它们转移到另一半城市的空地上去。

这“短暂的”一半因此当然就是“看不见”的索菲罗妮亚。它的每一段温和的存在几乎没有任何意义了，而它激烈的消亡却总是引人注目，成为建构历史的大事件。更重要的是，这“激烈的消亡”不仅侵占了人们的记忆，也塑造了人们的生活方式。在这里，以建设为目的的革命被不断的革命代替：革命从手段变成了目的。

每年之中总有一天，工人们会来将“短暂的”索菲罗妮亚的瓦砾装车运走。这引人注目的一天浓缩了这座城市的历史。从这些瓦砾中，马可·波罗的听者终于知道了那被拆除的是索菲罗妮亚实际的一半：教堂、医院、纪念碑、炼油厂等设施往往一夜之间就都变成了废墟。也就是说，索菲罗妮亚的上层建筑和经济基础往往一夜之间就都变成了废墟。这是一场触目惊心的革命。这是一场革命与另一场革命之间的革命。它打断的不仅仅是一代人的生活，而且是整个的历史。它从索菲罗妮亚的文化中革除了建设的理性、智慧、诚意以及耐心。

而虚幻的世界显然就是索菲罗妮亚“永久的”一半，是“看得见”的索菲罗妮亚。马可·波罗试图用这“永久的”一半向他的听者揭示人类生活的另一个秘密：人类生活对娱乐的依赖。娱乐是人类生活本质的需要，如果它不能算成直接的生理需要，它至少是最贴近生理的需要。索菲罗妮亚“永久的”虚幻世界是这种需要的象征。

有意思的是，娱乐与革命之间有极为复杂的关系。娱乐既是革命的宿敌又是革命的挚友。用一个粗俗的比喻，娱乐与革命也许可以视为一对朝夕相处又同床异梦的配偶。娱乐经常是革命最早的受害者，而革命又总是在发明自己的娱乐，并且通过这种发明传播革命的理念，扩大革命的影响。娱乐是对革命的腐蚀和嘲讽，而革命可以看成娱乐的最高形式。与革命不同，娱乐不去区分“谁是我们的敌人，谁是我们的朋友”这个旗帜鲜明的首要问题。娱乐的首要问题也是如何广泛深入地发动群众，如何化敌为友。而这恰好又是革命的重要策略。革命和娱乐的成功同样依赖于坚实的群众基础。

让革命与娱乐将一座城市分裂成两个相邻又对立的世界是一个深思熟虑的安排。但是，革命与娱乐的关系实在是一个太大的题目，让“只识弯弓射大雕”的英雄的孙辈来思考这样大的题目显然有点不合时宜。这样大的题目应该留给今朝的“风流人物”来推敲。

由钢管和绳索等材料建成的看上去相当“脆弱的”一半，却比用大理石和水泥建成的理应是十分“牢固的”一半还要牢固，这是索菲罗妮亚带给马可·波罗的见识。然而，马可·波罗的思绪并没有停留在这里。虽然娱乐是生活的必要条件，却并不是它的充分必要条件。仅有娱乐的生活是不够的。生活还需要现实中的争斗和拼搏。在时间里那“脆弱”的一半其实还是非常脆弱，因为它不可能独立存在下去。它在盼望着下一位与它朝夕相处又同床异梦的配偶。它苦闷地计数着日子流逝。它焦急地等待着从沙漠里走来的商队。那支商队会带来足够的建筑材料，让它可以在旧世界荡然无存的空地上重建自己现实的一半。

但是它非常清楚，那建成的不过又是下一次革命的对象。在一段平静的日子之后，整个城市又会燃烧起革命的热情，新的革命又会如约而至。索菲罗妮亚的历史就在这种革命的死循环之中继续。它那“短暂的”一半决定了城市居民们永久的生活方式。

不变的万变：第二十三座城市

欧特若毗亚（Eutropia）的居民们总是想获得新的工作和新的配偶。他们还想在推开窗户的时候看见新的风景。还有，他们还总是想与新的朋友们坐在一起，用新的消遣和新的传言来打发多余的时间。他们所在的这座城市正好能够满足他们的心愿。在这里，他们似乎是尝到了“存在决定意识”的甜头。

欧特若毗亚是建筑在高原上的一组规模相当又风格类似的城市的总称。它们就像是有机化学中的那些“同形异构体”。有意思的是，在一段时间之内，居民们只是集中居住在其中的一座城市里面。这座有居民的城市是这一段时间之内的“看得见”的欧特若毗亚，而高原上其他那些闲置的城市则相应地暂时成了“看不见”的城市。

在这种“存在”之中，“看得见”与“看不见”变成了一种相对的属性。因为有一天，欧特若毗亚的居民们突然会对“看得见”的城市产生一阵强烈的厌倦：他们不再能够忍受他们的工作和他们的亲戚，他们不再能够忍受他们的住宅和他们的债务，他们不再能够忍受他们需要去致意以及总是向他们致意的路人。在这种情况下，全体居民就会迁往高原上的另一座城市，一座“看不见”的城市去。他们在那里另起炉灶。欧特若毗亚的居民们的生活就这样在高原上的这些城市之间流转。居民们的每一次迁徙都在形式上更新了他们的生活。通过这种更新，一座原来“看不见”的城市变成了新的“看得见”的城市，而刚刚被遗弃的“看得见”的城市则变成了这种流转之中的新的遗迹。

因为他们的社会中没有悬殊的财产分配和森严的社会等级，在新的城市里重新“优化组合”他们的生活，欧特若毗亚的居民们并不会感到激烈的社会震荡。又因为职业的多样性，这种不断的迁徙几乎杜绝了就业上的重复：很少有人一生之中会在不同的城市里从事相同的工作。

也就是说，欧特若毗亚的居民们总是能够品味新的配偶，总是能够尝试新的工作。在这第三座与“交易”相关的城市里，居民们用“看得见”的城市与“看不见”的城市相交换，用他们已经厌倦的现在与他们向往着的未来相交换。这种壮观的交换显然就是欧特若毗亚的命脉。这座城市的居民们只能够通过不断地出卖自己的生活才能够维持自己的生活。

对于每一个居民来说，每一次迁徙都带来了一座新的“看得见”的城市。然而从整体上看，欧特若毗亚却并没有因为“流转”而发生任何根本的变化。高原上的每一座城市就像是一个舞台。在新的舞台上，生活的场景和情节被完整地保留下来。也就是说，所有舞台上上演的其实都是同一部作品。不同的只是那些演员们互相交换了自己扮演的角色。马可·波罗悲观地发现了这一点。他发现，在新的城市里，甚至一段无关紧要的谈话和一个毫无特色的哈欠都被保留下来了，变化的只是谈话者的口音和打哈欠的那一张嘴。天啊，这欧特若毗亚哪里只是一座孤零零的城市啊！它分明更是一个象征。它象征着万变不离其宗的政治，它象征着万变不离其宗的生活，它象征着万变不离其宗的历史。

与万变一样，不变也是一种奇迹。而不变的万变更是一种奇迹。这种奇迹显示了对立的统一，否定之否定，还显示了量的万变与质的不变。

变化之神用精心构造的欧特若毗亚来见证这悖论似的奇迹。这是它的炫耀还是它的坦白？而欧特若毗亚的居民们将自己的城市奉献给这位变化之神，尽管他没有能够用万变来掩盖住不变。这是对他的赞美还是对他的嘲讽？

无情的注视：第二十四座城市

在泽姆茹德（Zemrude），注视者是“上帝”，因为是注视者的“情绪”决定了这座城市的“形式”。马可·波罗又一次用第二人称将“注视者”拉近到了自己的跟前。同时，他也用这第二人称故意混淆了他的听者与注视者的界限：他将他的听者带进了自己的视野，带进了“现场”。这第二座与“目光”相关的城市就是这样一座“情绪化”的城市：如果注视者情绪轻松，他的目光就会朝向上层，朝向光明，朝向“天空”。在这种目光之中，泽姆茹德就是一座由精致的窗台、翕动的窗帘以及华丽的喷泉构成的城市；而如果注视者情绪紧张，他的目光就一定着落于“下层”：着落于黑暗，着落于地面。在这种目光之中，泽姆茹德就是一座由阴沟、井盖、鱼鳞以及废纸构成的城市。“看得见”与“看不见”不仅仅成为一个相对的区分，而且还成为一个“主观的”区分。在泽姆茹德，是注视者的情绪决定了“看得见”的城市的风貌。那里事实上并存着两座对立的“看得见”的城市。

从泽姆茹德的特殊经历，马可·波罗的听者可以得出这样的结论：对于任何一座城市（就像对于任何一个人或者任何一段历史），都存在着两种极端的“注视”方式：在有些人看到和谐的地方，另外一些人却看到了冲突；在有些人看到繁荣的地方，另外一些人却看到了泡沫；在有些人看到富裕的地方，另外一些人却看到了贫穷。决定不同的注视方式的原因可能非常复杂，但是它最终反映的却是注视者的“情绪”。见多识广的马可·波罗确信真理的“相对性”。他知道，在泽姆茹德，人们无法决定哪一座“看得见”的城市更加“真实”。这一次，是注视者的“目光”决定了“真实”的内容，是感知或者说意识决定了存在。

这时候，一个有趣的现象引起了马可·波罗的注意。他注意到关于泽姆茹德上层生活的细节，事实上都来自那些失去了那种生活的居民们的回忆。他们沉沦到了城市的下层之中，每天面对着同样的街道，遭遇到同样的“贱民”。但是，上层的往事却并没有像烟尘一样飘落。或者说，上层的生活仍然能够被他们“看得见”。记忆将他们已经失去的“看得见”的城市固定在他们的生命里。而他们“看不见”的却是他们眼前的城市。

这个有趣的现象让马可·波罗得出了一个非常阴暗的推论。他要顾及他的听者的尊严，不能够在这个推论中继续使用第二人称。他将自己与他的听者捆绑在一起，在随后的叙述中，用“我们”代替了前面一直用得非常顺口的第二人称。他声称，“我们”每个人的生活中都会出现这样的一天，当我们的目光沿着下水管道不断下降的时候，突然，“我们”不再能够将这些管道（以及“我们”的目光）与铺路的鹅卵石分开。这是生活中的转折点：“注视”与“生活”终于通过这个瞬间结合在一起了。“我们”完全变成了现实的人。在马可·波罗看来，相反的过程当然不是不可能的，但是非常罕见。水总是往低处流的，而人的精神状况也很难往高处走。生活总是让“我们”变得越来越现实。

生活的这种阴暗的逻辑最后一定会使注视摆脱“情绪”的干扰。当继续在泽姆茹德行走的时候，我们已经没有朝向“天空”的目光。我们的目光首先集中在地面之上。然后，我们还会用目光往地面之下挖掘。我们想找到生活中最可靠的资源。我们将没有任何诗意的目光伸进了地窖、房基和水井。注视者终于不再是“上帝”了，因为他不再能够决定泽姆茹德的“形式”。相反，他的生活开始被固定的形式所决定。他不再是一个随心所欲的注视者了，他成了一个处心积虑的寻找者。他的目光之中开始晃动着功利的浮躁，晃动着对现实的不安和对未来的贪婪。他的目光之中已经没有情绪的激荡和情感的光彩。

名义的专制：第二十五座城市

在第一座与“名义”相关的城市里，“重复”是一个关键词。一开始，马可·波罗就告诉他的听者，关于阿格拉乌娜（Aglaura），除了当地的居民们不断重复的那些话题之外，他已经没有什么再需要补充。当地的居民们总是在重复那些已经变成了成语的美德和过错，重复那些已经变成了典故的异类和奇人，以及那些已经变成了成规的僵化和刻板的生活态度。所有这些话题都可以说是一种文化遗产，因为它们是由古代的思想家们归纳总结出来的。这些思想的成果最后变成了这座城市固定不变的“属性”，被未来反复引用。渐渐地，阿格拉乌娜变成了两座互不相关的城市：一座是人们用这些代代相传的属性描述的城市、典故中的城市、“名义”上的城市、“看不见”的城市；另一座则是人们生活于其中的城市、体验着的城市、实际上的城市、“看得见”的城市。

因为名义（名）与实际（实）的分离，这两座城市在历史的进程中似乎都一直没有什么重大的变化，比如关于美德和过错的成语还在日常的生活中留用，关于正常和怪异的对比仍然被人在意。但是，一场静悄悄的革命正在进行：从前那些被看成“怪异的”，现在却被看成“正常的”了，就好像在一个曾经崇尚“三从四德”的地方，偷情渐渐变得“老少咸宜”，离婚慢慢变成了“家常便饭”；而美德也失去了它原来的价值，过错也甩掉了它固有的污垢，它们甚至可能交叉换位：比如“从一而终”从前被认为是美德，却不为现时所敬重；而“标新立异”是过去的微词，却成了今天的赞扬。

因为这场静悄悄的“观念”上的革命，任何人都能够发现，关于这座城市的所有说法其实既悖逆了原来的名义，也背离了当前的现实。它们完全是不真实的。这座城市的“成语词典”（如果有的话）里和这座城市的报纸（如果有的话）上充斥着这些不真实的说法。然而，正是这些不真实的说法固定了这座城市的“形象”，为这座城市提供了可以供所有时代和所有集团“共享”的成见，而那些建立在个人生活和阅历基础之上的真知灼见，却反而显得空洞无物。这些不真实的说法使阿格拉乌娜变成了一座“名义”上的城市。“看不见”的城市喧宾夺主，它用语言的乌烟瘴气掩盖了“看得见”的阿格拉乌娜，“实际”上的阿格拉乌娜。

在观念的干预下，本来已经分离的“名”与“实”又开始了错综复杂的联系。这种新的动向使马可·波罗有必要进一步反省“名”与“实”的关系。旅行者根据自己的见闻得出的关于城市的结论会有任何客观的内容吗？马可·波罗自认为比当地的居民们高出一筹。他看到了自己的“客观”描述的相对性。当他根据自己的见闻，将阿格拉乌娜描述为没有颜色，没有性格，以及没有存在理由的城市时，他清楚地知道，这种与实际相联系的描述同样是不真实的。因为一位另外的旅行者可能会看到另外的景象，比如一道奇异的闪光从城市的机体上掠过。不同的时间和角度，不同的境界和性格，可能会让不同的观察者对“同样的”被观察对象得出不同甚至对立的结论，比如一个观察者看到的“救星”可能是另一个观察者看到的“暴君”。

说出来的东西“不可能”真实，这将一个叙述者推到了难堪的境地。但是，马可·波罗对此并没有去想太多。真正让马可·波罗苦恼的是，关于阿格拉乌娜，一位有所发现的旅行者“不可能”说出任何东西，因为他的思想完全被从前那些关于阿格拉乌娜的固定说法禁锢了。当旅行者想将他个人的发现说出来的时候，他发现自己除了重复那些教条的说法以外，不可能再说出任何特别的东西。尽管他自认为比当地的居民们高出一筹，他与他们的地位其实完全一样：在阿格拉乌娜，所有人都是专制的“名义”的奴隶。

“名”与“实”的分离使阿格拉乌娜的居民们相信自己仅仅生活在“名义”上的城市里。他们满足于这种生活。他们不去在意实际上的阿格拉乌娜所发生的任何变化。最后，他们彻底忘记了那座“看得见”的城市。而作为旁观者，马可·波罗虽然愿意将两座城市都珍藏在自己的记忆里，他却绝望地意识到了自己能够拥有的也只是其中的一座，与“名义”相关的那一座，遭受成见奴役的那一座，因为无法用词语保存的“看得见”的阿格拉乌娜注定要在时间的河流中丢失。

在阿格拉乌娜，任何人都只可能是一个陈词滥调的重复者，任何重复都不真实。

云中的生活：第二十六座城市

这座城市不是建立在地上，而是建立在空中。因为（或者因此？），它没有“地”基。它的根基与整个城市一起悬在空中：这是一座立足于空气的城市。它当然极度地“脆弱”。这是最后一座“脆弱”的城市，同时也是最“脆弱”的城市。

奥克塔维亚（Octavia）“脆弱”的程度令人难以置信。这肯定是马可·波罗选择以“相信”为条件来启动他的叙述的原因。“如果你相信我，那就好了。”他这样启动他的叙述。只有在“相信”的条件之下，他才可以用语言来再现这座难以置信的城市。

这是一座“蜘蛛网”似的城市。如果嫌“蜘蛛网”这种意象过于传统和腐朽，不妨改用信息时代的措辞，将这座城市看成一座典型的“网络”城市。它建立在两座陡峭的山峰之间。绳索和天桥将这两座山峰连接起来。这些绳索和天桥当然还兼任这座城市里的街道，那当然是摇摇晃晃的街道。当“你”在这些街道上行走的时候，“你”必须小心翼翼。“你”的手必须紧紧地抓住由绳索做成的护栏，同时“你”的脚也绝对不能在天桥上踩空，因为这些街道的下面只有稀薄的浮云，而浮云的下面是冷漠的深渊。

在这样一座城市里，忽必烈的骏马和激情不仅毫无用处，而且是致命的弱点。在这里，“网络”带来的不是“高速”，而是对“速度”的阻碍、抵制甚至悖逆。毫无疑问，“速度”是奥克塔维亚的敌人。面对马可·波罗令人难以置信的叙述，忽必烈不再能够憧憬势不可当的推进和扩张，他必须“小心翼翼”。这种想象中的“小心翼翼”会在这位壮心不已的君主的心中留下什么样的阴影？

由绳索和天桥构成的网络，既是这座城市的街道，又是这座城市的根基。这座城市的其他部分，都“建筑”在这“脆弱”的根基之“下”。也就是说，奥克塔维亚是一座悬挂着的城市。它的房屋就像是巨大的口袋，它的阳台就像是这位威尼斯商人故乡的“贡多拉”。当然还有各种各样的吊车、吊床、吊灯和吊篮等，这些在其他城市里看上去有点异样或者有点奢华的物品，在这座悬挂着的城市里，变成了日常的用品。

稀薄的浮云掠过奥克塔维亚的生活。这过眼的云烟就好像是对这座城市未来的一种预言，或者对这座城市居民的一种提醒。奥克塔维亚的居民们清楚地知道，他们城市的根基是多么“脆弱”：那悬在空中的“地”基不可能支持很长的时间。与其他城市的居民相比，奥克塔维亚的居民们对生活的前景有更明确和更清醒的认识。地心引力决定了奥克塔维亚的未来。这座城市里每天都谨小慎微的居民们清楚地知道，不管他们如何“小心翼翼”，他们飘浮在云中的生活终将被与他们朝夕相处的万丈深渊吞没。

可是，“看不见”的城市在哪里？马可·波罗似乎是忽略了这个问题。他没有用任何一个字来呈现“看不见”的城市，这可以说是关于奥克塔维亚的叙述的一个重要特征（另一个重要特征是他没有去触及这座城市的“哲学”含义）。但是，奥克塔维亚的居民们对这座城市命运的清醒认识，事实上却给出了这个问题可能的答案。肤浅一点，马可·波罗的听者也许会从这种清醒中认识到，“看不见”的城市就坐落在那万丈深渊的底部。深刻一点，他也许会从这种清醒中认识到，悬挂在空中的“看得见”的奥克塔维亚本身就是一座“看不见”的城市：它很快就会消失，它已经在开始消失，它从一开始就在消失，或者说，它的兴建本身“兴建”的就是它的消失。

现在，忽必烈也许会理解为什么马可·波罗不去触及这座城市的“哲学”含义了：制约奥克塔维亚的“对立统一”炫耀的是自然的力量，而不是哲学的深奥。

透明的代价：第二十七座城市

在艾尔西丽亚（Ersilia），“网络”仍然是一个关键的概念。不过，与奥克塔维亚不同，在这第四座与“交易”相关的城市里，“网络”变成了一个象形的符号：它不仅有明确的所指，而且还非常具象。

这个符号指向一个社会学意义上的结构。简单地说，就是指向“关系网”。这座城市的居民们在每两座房子之间拉起了一条“纽带”来显示这两座房子的“社会关系”。这些“纽带”一共有黑、白、灰以及黑白相间这四种颜色，它们分别代表（贸易）伙伴关系、血缘关系、行政关系以及代理关系。这四种典型的社会关系，几乎在所有社会都存在。也就是说，这座城市里基本的“社会关系”都可以直接用一条明显的“纽带”呈现出来。这无疑是一座完全透明的城市。这些纽带是这座城市生活的指南。

有时候，同样的两座房子之间可能会同时出现几种不同颜色的“纽带”，这当然就意味着这两座房子之间有更加复杂的社会关系。比如，市长的房子与市长儿女们的房子之间至少会有白色和灰色的“纽带”，以显示它们之间的“血缘关系”和“行政（领导与被领导）关系”。而随着城市经济的发展和市长任期的流逝，这两座房子之间很可能还会有必要加入黑色或者黑白相间的“纽带”，以显示它们之间正在联手牟取特殊的暴利。

这些纵横交错的“纽带”将这座城市的“关系网”公之于众。与奥克塔维亚的情况一样，艾尔西丽亚象征性的“网络”也极大地降低了这座城市的生活节奏。因为住宅之间“纽带”的数量随着城市居民们之间社会关系复杂程度的提高而增加。最后，这条正比例函数的曲线越过了这座城市承受力的边界：居民们已经完全不可能在街道上行走了。这是透明度带来的低效率。面对城市交通的瘫痪，艾尔西丽亚的居民们既不愿意简化他们之间的社会关系，又不愿意隐瞒他们之间的社会关系。于是，他们只剩下了唯一的选择：他们选择了离开。对他们来说，这当然是不得已的选择，而不是可以自鸣得意的“上计”。

艾尔西丽亚的房屋全都被拆除了。城市的遗址上只留下了仍然在断壁残垣之间绷紧的“纽带”。艾尔西丽亚的居民们将这些“纽带”留下来，是因为它们是这座城市历史的见证。在环绕城市的山坡上露营时，准备开始逃难的居民们迷惘地打量着那座“纽带”的迷宫，因为追求绝对的透明而形成的迷宫。那是他们昨天的家园和昨天的生活。现在，他们这些在迷宫中生活过的人只能离去。他们在那座迷宫中失去了自己，他们因为绝对的透明度而失去了自己。在毫无秘密的社会里，生活令个人丢失了“身份”。

这些丢失了身份的居民们在另外的地方重建了他们的城市。这时候，他们发现他们其实并没有离开那座昨日的迷宫。他们发现他们永远也离不开那座昨日的迷宫。昨天的生活已经变成他们赖以生存的记忆。他们完全凭借这种记忆重建了他们迷宫一样的城市。为了争取更多的空间，他们尝试用更好的规则来呈现他们消失于其中的社会关系。但是，越来越复杂的“社会关系”还是带来了越来越多的“纽带”。它们束缚了新的城市，窒息了新的生活。

不难想象，新建的城市很快又会遭到抛弃。到那时候，艾尔西丽亚的居民们只好再一次走上逃难的路。事实上，他们不得不不停地迁徙，他们总是要到更远的地方去重建自己的家园。这种不断的离开，是他们为适应社会关系的日趋复杂而被迫作出的选择。

艾尔西丽亚的历史是迁徙的历史，也就是不断抛弃和不断开始的历史。与奥克塔维亚的情况相对应，这一次是在叙述的最后，马可·波罗又提到了“蜘蛛网”，社会关系的“蜘蛛网”：在一座座艾尔西丽亚的废墟上，城墙的遗迹和死者的遗骨都已经“看不见”了，而社会关系的“蜘蛛网”却仍然在寒风中吞咽着时间的灰尘。这“纽带”的迷宫使艾尔西丽亚永远都是一座“看得见”的城市。

在这座“看得见”的城市里，生活的指示牌变成了生活的墓碑。

伤感的缺席：第二十八座城市

旅行者已经到达了芭芜琦丝（Baucis），但是他却还没有“看见”这座城市。刚刚进入这第三座与“目光”相关的城市，马可·波罗就让“目光”扑了个空。这种“欲擒故纵”的叙述技巧是这个“威尼斯商人”的惯用手法。他用这种技巧来吸引他的听者的兴趣和注意。

疲惫不堪的旅行者已经在丛林里行走了七天。他之所以没有“看见”他已经到达的城市，是因为这同样是一座“云中的城市”。与奥克塔维亚不同的是，芭芜琦丝并没有“悬”在空中。它是一座由一些间距很宽的细小支架支撑在云中的城市。也就是说，这座看上去高高在上的城市对地面其实有着很深的依赖：尽管它远离了地面，地面却是它生根的地方。

但是，芭芜琦丝的居民们却不在地面上出现。这就像是一个远离家乡的游子对将自己的消息反馈给故乡没有任何兴趣一样。在他们浮云缭绕的城市里，芭芜琦丝的居民们拥有他们表面上所需要的一切，脚踏实地对他们似乎是多此一举。看起来，与地面的距离比与地面的联系对这座城市更加重要。旅行者发现，除了那些细长腿的红鹳，这座城市里没有任何其他东西与它依赖着的地面有物理上的接触。在阳光明媚的日子里，这些与城市的根基有接触的红鹳会在芭芜琦丝的树叶上，留下它们枯瘦和孤独的身影。

“看得见”的芭芜琦丝因为远离地面（远离它赖以生存的根基）而错过了旅行者的目光。当他意识到了这座“看不见”的城市的存在并且注意到了它与根基之间的距离之后，他开始陷入了对“远离”的思考。他对这种“远离”的状态和感觉非常熟悉，因为他自己就是一个“远离者”：他远离了自己的故乡，他远离了自己的家人。他甚至可能远离了他不可能远离的事物：他的欲望和他的恋情。阅历和悟性告诉他，不管“远离”多么具体，它都只可能出于三种最抽象的原因：出于仇恨、出于敬畏或者出于爱情。出于仇恨的“远离”是一种解脱，出于敬畏的

“远离”是一种奉献，而出于爱情的“远离”是一种折磨。

虽然关于芭芜琦丝“远离”的原因，上面的这三种假说都曾经被人想到，其中的第三种则似乎最接近实情，也最吻合马可·波罗的判断，因为它将“目光”暴露了出来。马可·波罗注意到，“专注”是这座城市的生活。芭芜琦丝的居民们正用大大小小的望远镜对准地面。这就是他们的生活。他们每天都通过这些望远镜去审视他们远离的世界。他们从不厌倦自己的审视。地面上的每一根青草、每一块石头、每一只蚂蚁甚至每一颗灰尘都能够荡起他们的欲望和美感。

是狂热的爱让他们远离了地面，因为他们不能容忍他们自己的存在玷污和损害他们爱慕的对象。他们要让他们爱慕的对象保持着那种被他们爱上之前的样子：那是他们心中神圣不可侵犯的纯洁。他们不能容忍用身体的任何部位接触他们所爱慕的对象。他们以为他们的“远离”就会让他们所爱慕的对象永葆圣洁。

但是，他们忍不住用“目光”来接触他们所爱慕的对象。他们陶醉在自己的专注之中，而他们自己的城市对他们早已经变成了一座“看不见”的城市。表面上，他们生活在别处，生活在远离之中；而实际上，这只是一种物理的远离，空间的远离。他们仍然受着爱情的激励和折磨。这种剧烈的情感将时间凝固在“目光”之中，凝固在生生不息的“现在”。

“专注”于爱慕的对象是专注的幸福的一面。可是，这“专注”也有伤感的一面，它会让“目光”接触到一种揪心的虚无。马可·波罗没有放过这伤感的一面。他用一个极为壮观的句子来结束他的叙述。他告诉他的听者，芭芫琦丝的居民们在审视他们远离的爱情时，也同时用一种痴恋在“凝视着自己的缺席”。这缺席是遗憾，是内疚，是懊悔，是难以愈合的伤痕。

相似的对立：第二十九座城市

在第二座与“名义”有关的城市丽安德拉（Leandra）里，另外的两个专有名词至关重要。这两个专有名词代表着保护这座城市的两种神祇：其中的一种叫“佩纳笛斯”（Penates），而另外的一种叫“拉若斯”（Lares）。在马可·波罗的叙述中，这两种神祇的名字喧宾夺主，让这座城市本身的名字黯然失色。

两种神祇都“小”得看不见，“多”得数不清。这是他们的第一个共同之处。他们同是“看不见”的城市里的“居民”。但是，他们却居住在不同的地段：佩纳笛斯居住在靠近衣帽架和雨伞架的门板上，而拉若斯则居住在厨房的深处，在存放扫把的壁橱里或者在茶壶等器皿的底部。居住地段的不同已经显示出了这两种神祇不同的生活态度和战略思想：佩纳笛斯“时刻准备着”、准备出发、准备转移、准备舍弃；而拉若斯则矢志不移、决心坚守阵地、寸土不让。具体地说，这两种神祇用不同的方式行使“保护”城市的职责：佩纳笛斯保护的是丽安德拉的居民。当丽安德拉的家庭开始迁移的时候，他们会像家属或者家具一样与他们随迁，对他们来说，“人”是丽安德拉的根本。而拉若斯保护的是丽安德拉所在的地址，他们不会随丽安德拉的居民们一起离去。他们要坚守从历史中遗传下来的陈迹，对他们来说，“地址”才是丽安德拉的根本。

暴露两种神祇的对立并不是马可·波罗的用意。他想让他的听者理解的是这对立双方的相同之处。他发现了一个有趣的现象：在同一所房子里，这两种神祇的生活并没有严格的界限。他们并不总是困守在自己的世界里。他们互相探访，有时候还一起出游。在谈论这个家庭的遭遇的时候，他们经常会发生一些或大或小的争论。但是，这不是他们之间原则性的争论。他们基本上是可以长时间地“和平共处”的。因为他们的外表相似，当他们之间不发生原则性的争论的时候，人们其实很难将他们区别开来。

究竟“谁”代表着丽安德拉的灵魂？两种在生活态度

上对立的神祇的“共存”必然会引发这样的问题。而两种在生活态度上对立的神祇的“共存”也必然会使关于这个问题的争论永远持续下去。这是两大阵容之间的原则性的争论。在丽安德拉，真理越辩越不明：佩纳笛斯们认为他们代表着丽安德拉的灵魂，因为“丽安德拉”从来没有离开过他们。不管他们随着当地的居民迁移到何处，他们总是与丽安德拉的居民在一起。或者说，他们迁离丽安德拉的时候带走了丽安德拉的“实质”，而留在那个固定的地址上的不过是一个肤浅的“名义”。与此相反，拉若斯们认为，这些自称代表着丽安德拉灵魂的政敌，不过是这座城市里浮躁的“过客”。真正代表着丽安德拉的灵魂的是他们自己，因为他们永远不会离开“丽安德拉”。他们给这座城市经常变化的内容提供了从来不变的形式。这不变的形式才是这座城市的“实质”。丽安德拉在所有的“内容”到来之前就已经存在，同样地，它在所有的“内容”离去之后也仍然存在。

在他的听者开始迷失方向的时候，马可·波罗将话题一转。他开始谈论在原则性的问题上争执不休的这两大阵容之间的另一个共同之处。他们有太多的不满。不管城市和家庭发生了什么，他们总是要对所发生的事情提出严厉的批评。如果他们用“记忆”作为批评的参照，佩纳笛斯们会搬出老一辈的生活，拉若斯们会谈起从前的环境；如果他们用“想象”作为批评的指南，佩纳笛斯们会谈起孩子们的未来，拉若斯们会谈起更好的管理方式将怎样改变城市的面貌。这同居于“看不见”的城市里的两种神祇总是看不惯在“看得见”的丽安德拉里所发生的事情。他们虽然都相信自己代表着丽安德拉，他们却都不满意丽安德拉的现状。

他们用他们之间激烈的争论，以及他们对城市严厉的批评，来充实他们本来可能相当贫乏的夜生活。马可·波罗告诉他的听者，在丽安德拉的房间里，当夜深人静的时候，总是能够听到这些神祇对对方的怒骂、挖苦和嘲笑。这生动的细节并没有给他的听者带来太大的触动，因为他已经知道，丽安德拉的两大对立的阵容之间有太多的相似之处。他们之间的对立只不过是一种“名义”上的对立。

不朽的对白：第三十座城市

从现在开始，死亡开始笼罩着“看得见”的城市。但是，在第一座与“死者”相关的城市米拉妮娅（Melania）里，“你”在体验到死亡魔力的同时，却又体验到了生命的魔力。

在死亡出现之前，首先抓住了“你”的是生活中一段段的对白：那个喜欢吹牛的卫兵和那个无所事事的食客走出豪宅的大门，与年轻的浪子和妓女调侃起来；那个爱财如命的父亲跨进门槛对自己性欲勃发的女儿提出警告，却又被那个愚蠢迟钝的男仆打断——他正准备给妓院的老鸨送去这位父亲的便条。这是“你”第一次进入米拉妮娅时的所见所闻。这些对白将在“你”的记忆中不断地重现。“你”因此牢牢地记住了其中所有的“角色”和“声音”。

但是，这些对白的场景却似乎不可能在“你”的视野中重现了。因为许多年以后，当“你”重返米拉妮娅的时候，死亡的魔力已经在生活中留下了无法磨灭的痕迹：无所事事的食客已经死了，爱财如命的父亲已经死了，运筹帷幄的老鸨也已经死了。“看得见”的城市中那生机勃勃的一部分也许永远都“看不见”了。

有趣的是，米拉妮娅的生活却并没有因为这络绎不绝的死亡而发生根本性的改变：“你”在重返米拉妮娅的时候，仍然听到了“你”第一次进入这座城市时，令“你”惊奇的那一段段对白。也就是说，“你”体验到了米拉妮娅生命的魔力。原来在这座与“死者”相关的城市里，死者并没有带走他们的“角色”和“声音”。死者留下的空白立刻被生者填补：喜欢吹牛的卫兵变成了无所事事的食客，性欲勃发的女儿变成了运筹帷幄的老鸨，愚蠢迟钝的男仆变成了爱财如命的父亲。那许多年以前的对白就这样在同样的“角色”之间继续或者说停顿。

而卫兵、女儿以及男仆留下的空白又分别被一个伪君子、一个知心朋友以及一个占星术士填补。马可·波罗告诉他的听者，米拉妮娅通过人口的不断更新来维持它生命的魔力。那些“看得见”的人会因为死亡而退出城市中心的广场，但是，他们代表的“角色”却永远不会从这座城市消失。这些角色之间的对白是不朽的对白：它们永远与时间相伴，同时又永远与时间无关。

是死亡引起了社会角色在米拉妮娅的居民们之间的重新分配。是死亡的魔力引发了生命的魔力。而在米拉妮娅，生命魔高一丈。它不仅通过生者对死者留下的职位的及时补充将死亡对整个城市生活的影响缩到了最小的程度，而且还打破了人与角色之间传统的“一对一”的关系。马可·波罗告诉他的听者，在米拉妮娅，这种打破是从两个方向来实现的：一方面，一个人可以扮演许多的角色，有许多的“兼职”。比如他可能同时是暴君、施主以及信使；另一方面，一个角色又可以由许多人来充当。于是，米拉妮娅会出现三千个伪君子、三万个“寄生虫”以及十万个沦落在社会底层，正等待着恢复身份的国王的儿子。

在米拉妮娅，生命的魔力战胜了死亡的魔力。由死亡带走的“看不见”的城市并没有在“看得见”的米拉妮娅引起激烈的社会动荡。但是，死亡并不是无法辨认的。马可·波罗发现，虽然死者留下的空白总是被生者填补，这种填补却不是也不可能是绝对准确的。事实上，死亡带来了“角色”的细微变化，比如填补愚蠢迟钝的男仆空位的可能是聪敏伶俐的女仆，而出现在挥霍无度的浪子位置上的可能是被剥夺了继承权的无赖。

米拉妮娅的生活就像是一台戏剧。角色的这种细微变化增加了剧情的复杂性，甚至会改变剧情的发展路径。但是，整个戏剧却仍然朝向固定的结局。马可·波罗最后回到了这死亡的结局之中。他告诉他的听者，站在城市广场的中心，一个外来的观众可以分辨出由死亡推动着的一幕幕场景之中的对白细微的变化，而米拉妮娅的居民们却不会意识到这种变化，因为他们的生命过于短促。他们只能生活在现实之中，完全感觉不到由死亡所决定的历史。

孤独的道路：第三十一座城市

爱思美拉尔达（Esmeralda）用它的特征来挑战几何学中的公理：在这最后一座与“交易”相关的城市里，两点之间最短的距离“不是”直线。

“网络”是爱思美拉尔达的特征：在这里，四通八达的运河的网络与四通八达的街道的网络交织在一起。这种道路的“通达”为在这座城市进行的所有形式的“交易”提供了便利。为了抵达任何一个地址，爱思美拉尔达的居民们有两种基本的选择：单纯走陆路或者单纯走水路。而更复杂的选择当然是陆路与水路的混合。在“网络”的每一个节点（转折点）上，显然还存在着无数的分岔、无数的可能。而两点之间最短的距离意味着最“正确”的选择。将这段距离标识出来，一定可以发现，最短的距离包含了难以想象的曲折和惊奇。

两个地址之间无数的通路，给爱思美拉尔达的生活带来了层出不穷的新意。这座城市的居民们不需要每天都走同样的道路。他们的每一次回家都好像是回到了一个新的家，他们的每一次上班都好像是换了一个新的工作，他们的每一次扫墓都好像是一次新的出殡，他们的每一次约会都好像是一轮新的折磨或者新的享乐。在爱思美拉尔达的生活中没有绝对的重复，即使是那种最机械和最平庸的生活，都总是在不断有或多或少的新意。

与这座证实了“条条道路通罗马”的“看得见”的城市相比，在那座“看不见”的城市里，生活却遇到了许多的限制。事实上，正是这种“限制”使“看不见”的爱思美拉尔达充满了诱惑和激情。像所有其他城市一样，爱思美拉尔达给偷盗者和偷情者提供的道路非常有限。他们只能像野猫一样，沿着雨水槽战战兢兢地从屋顶上走过，然后纵身跃入目的地的阳台。他们只能从那条必经之路上，接近对他们的到来浑然无知的贵重物品；或者接近为他们的到来已经欲火中烧的恋人。这是“看不见”的城市悬空的部分。

而这座“看不见”的城市的另一部分却在下水道里

伸展。它是老鼠、谋反者以及走私犯的生存空间。老鼠知道从哪里可以得到奶酪的碎渣，走私犯知道怎样将禁运的物品送给正在等待着他们的客户，而背着火药桶的谋反者确信他们的主人完全不知道他们的异动。下水道没有给老鼠、谋反者以及走私犯任何选择的余地。在每一个转折点上，通常只有一条“正确”的道路摆在他们面前。不管是前进还是后退，他们都只有唯一的机会。

在“看不见”的城市里，越轨者失去了在“看得见”的城市里一般人能够享受到的那种选择的自由。也就是说，在“看不见”的城市里没有很多“交易”的机会。可是，越轨者的生活却能够代代相传，生生不息。这是因为这种极受限制的生活中充满了更多的刺激和“新意”。这种“新意”无疑来自风险：越轨者的每一次出发都是一次冒犯，他们必须承担与这冒犯并存的风险。在这种意义上，他们的每一次行动也同样是一次“交易”，一次与巨大风险的“交易”。

马可·波罗认为，一张理想的爱思美拉尔达的地图应该包括“看得见”的城市与“看不见”的城市里所有的道路：陆路，水路，屋顶上的路，地面下的路，去偷情的路，去谋反的路……他不认为制作这样的地图有很大的困难，因为即使是“看不见”的城市里的那些激情洋溢的道路也都是由建筑材料构成的、“实际”的道路。在他看来，真正难以画进这张地图的，是雨燕在空中留下的轨迹。他抬起头，看见雨燕的翅膀开始是静止在空中。突然，它俯冲而下，扑住一只飞动的蚊子，在空中划出了一段光滑的抛物线。然后，它又螺旋而上，掠过一座建筑的尖顶。它用骄傲的飞翔凌驾于这“看得见”与“看不见”的城市之上。

在马可·波罗的心中，雨燕在空中留下的全部轨迹构成了真正的“看不见”的城市。这些轨迹是生活中最孤独的道路，因为它没有任何伟大的目标，也没有留下任何持久的痕迹。

堕落的目光：第三十二座城市

费丽丝（Phyllis）是自丽安德拉以来的第四座只以第二人称出现的城市。在这第四座与“目光”相关的城市里，马可·波罗让“你”看到了运河上各种各样结构的小桥、街道旁各种各样风格的窗户以及市区内各种各样材料铺成的路面。他肯定，他又一次激活的第二人称会因为“看见”这各种各样的一切而“兴奋”。也就是说，“看得见”的费丽丝会因为“悦目”而“赏心”。

的确，这座城市的每一个角落都给“你”带来了惊喜：从城堡的高墙上伸出来的刺山柑的树枝，由山墙托起的三位女神的雕像，以及被三个洋葱一样的小穹顶簇拥着的那个洋葱一样的大穹顶。这些以前从来没有触及过“你”目光的美景，让“你”对费丽丝的居民万分羡慕。

“你”羡慕他们的目光每天都能够触及这座城市给自己带来的惊喜。“你”也很遗憾自己的目光只能够从这些惊喜的表面一晃而过。“你”很遗憾自己的旅行者的身份，这种身份让“你”不得不离去。

像在叙述其他与“目光”相关的城市一样，马可·波罗仍然准备用这座与“目光”相关的城市来否定“目光”。在叙述的第二自然段，马可·波罗让“你”在费丽丝暂住下来。做出了这种安排，就意味着“你”的目光每天都可以在费丽丝的美景之间徜徉：“你”应该没有什么遗憾了吧，“你”应该也可以羡慕起自己来了吧。可是，结果并不是这样。因为“目光”总是要用注视以及这注视激起的惊喜来满足和证明自己，而长时间的注视肯定会使“目光”疲劳甚至变质，使罕见的惊喜变成常见的麻木，甚至视而不见的冷漠。也就是说，“目光”是自己的敌人，它总是与时间串通，窒息自己的激情和活力。

在费丽丝暂住下来之后，“你”似乎完全变成了费丽丝的居民：曾经令“你”惊喜的“看得见”的费丽丝突然都“看不见”了。各式各样的小桥、窗户和路面都从“你”的视野中消失了；热情的刺山柑树枝、美丽的女神雕像以及滑稽的大小穹顶也都从“你”的视野中消失了。“你”的目光就像费丽丝所有居民的目光一样，突然失去了它固有的野心和向往。它开始落脚在“实际”的地方：路上的那个凹处可能会将“你”绊倒，前面的那条长凳可以让“你”放下身上的包袱。“你”让“你”的目光（或者“你”的目光让“你”）融入了日常的生活、平庸的生活。

“看得见”的费丽丝因此变成了“看不见”的费丽丝。“目光”因为这日常的生活而堕落了。它不再能够支撑起欲望和希望。这不是马可·波罗愿意接受的事实。他已经否定了“目光”，但是，对于作为象征他自己的“你”，他却没有丧失信心。他知道当人不能用“目光”来观看的时候，还可以用一种更内在的能力（比如“心灵”或者“记忆”）来观看。他立刻让“你”变成了一位这样的观看者：“你”的脚步不再跟随“目光”的牵引，而是听从“心灵”的引导。于是，“你”依然“看见”了那些被平庸的时间埋葬和抹杀的景观，“你”依然因为这种观看而获得了络绎不绝的惊喜。

这惊喜不是为目光准备的，而是为心灵准备的。更准

一个外来的观众可以分辨出由死亡推动着的一幕幕场景之中的对白细微的变化，而米拉妮娅的居民们却不会意识到这种变化，因为他们的生命过于短促。他们只能生活在现实之中，完全感觉不到由死亡所决定的历史。

确地说，应该是为有准备的心灵准备的。这惊喜显示的不是客观事物的魅力，而是主观意识的魅力。这惊喜想要说明“美”不是事物的一种性质，而是心灵的一种境界。

最后，马可·波罗还要升级他的思考。他告诉他的听者曾经有无数的“目光”错过了费丽丝的美景，它们从这座城市的外观上掠过就像是在扫描一张白纸。他没有对这些平庸的“目光”发太多的感叹。他甚至相信，有许多城市其实是在有意地躲避“目光”和注视。它们不愿意凑合、不愿意屈就。费丽丝就是这些城市中的一座。它只会将它自身的美留给那个懂得和崇拜这种美的人。那个人对这种美的惊喜就是这座城市存在的标记。

只有那个人能够看见这座“看得见”的城市。只有那个人能够看见这座“看不见”的城市。

丢失的家园：第三十三座城市

连续经过了四座只有第二人称出现的城市之后，“我”终于再次露面。他出现在第三座与“名义”相关的城市皮尔哈（Pyrrha）。

最开始，皮尔哈只是一座“看不见”的城市，“我”并没有见到过它。他关于它最初的印象全都来自他对“皮尔哈”这个名字的想象。这个名字存放在“我”的头脑中，是那一长串他从来没有看见过的城市的名称中的一个。他从自己的想象中看见了这座城市。他想象它坐落在海湾边的山坡上。他想象城市的四周被高墙环绕，看上去，就像是一只高脚杯。他想象城市中心的广场好像是位于一口深井的井底，而在广场的中心真的有一口深井。这座想象中的城市使“皮尔哈”这个城市的名字有了第一个“所指”。

但是，这座想象中的城市并不是“皮尔哈”实际的所指。这有可能带来认知上的矛盾。现在，那个“我”已经用实际之“名”找到了想象之“实”。如果他永远也没有看见实际之“实”，或者他看见的实际之“实”与想象之“实”完全吻合，当然也就不会有关于“皮尔哈”的“名实之争”了。而如果他看见的实际之“实”与他想象之“实”相冲突，问题就复杂了。这将不是一场普通的“名实之争”，因为它涉及第三者。而这第三者表面上是一种“实”，实际上，它却仅仅是一种想象，一个符号，一个虚“名”。

问题果然就有这么复杂。当“我”抵达皮尔哈的时候，他看见的是这样一座城市：又长又直的街道、以及被锯木厂和堆码着的木头分隔开的拥挤住房……尤其重要的是，从城市的任何角度都看不到大海。这显然是一座完全不同于他想象的城市。面对这样的矛盾，他的认知过程可能有不同的走向。而实际的走向可以说是一条“捷径”：这眼见之实立刻让“我”完成了眼见“为”实的认知过程。具体地说，“看得见”的皮尔哈让“我”顿时忘记了他在想象中看见过的皮尔哈。他觉得他熟悉他眼前的一切。他觉得“皮尔哈”这个名字就是他眼前的这座城市的名字，而他眼前的这座城市也只能有“皮尔哈”这样的名字。他首先知道的“名”与他后来看见的“实”完美地结合在一起了。他觉得“看得见”的皮尔哈就正好是他想象中的内容。眼前之实完整地代替了想象之实。因此，想象之实变成了完全多余的东西：它既不是实际之“名”的所指，也不能作为实际之“实”的能指。它断然退出了“名实之争”。

从实际之“名”引起想象之实到眼前之实代替想象之实，对皮尔哈的认知过程顺利地结束了。但是，“我”的思绪却并没有停顿。他开始清理他的头脑中那许多他从来没有看见过也永远不会看见的城市。它们都是一些“有名无实”，或者只有想象之实而没有实际之实的城市。他惊奇地发现，他想象过的那座坐落在海湾边的山坡上，四周被高墙环绕，看上去就像是一只高脚杯的城市仍然夹杂在这些城市中间。虽然“看得见”的皮尔哈让他忘记了想象的皮尔哈，它却并没有完全覆盖住他想象的皮尔哈。这意味着那座想象中的城市可能并不是他凭空的想象。不过，与其他那些城市不同，这时候，那座有想象之实的城市已经没有名字，没有最初的“能指”了。“皮尔哈”这个城市的名字在找到了它的实际的“所指”之后，原来根据它想象出来的城市就不再有自己的名字。而那座曾经作为“皮尔哈”的“所指”存在过许多年的城市则变成了既非所指又非能指的纯粹的想象。“我”甚至不再记得自己为什么当初会将这名字与含义完全不同的那座想象的城市联系起来。他的认知过程是不可逆的。他不可能从想象之实再回到它的想象之名。如果名字是那座想象的城市的家园的话，这座“看不见”的城市就永远找不到回家的路了。

忧郁的来世：第三十四座城市

关于阿德尔玛（Adelma）的叙述耸人听闻又催人泪下。为什么马可·波罗能够将如此动人的叙述隐藏得这样深？他将它隐藏在那令人眼花缭乱的33座城市的后面。这种“隐藏”显示出这位威尼斯商人阅历和城府的深度。从这种极深的隐藏中将这座城市挖掘出来，马可·波罗将给他的听者带来前所未有的触动。

一开始，马可·波罗就标定了这第二座与“死者”相关的城市在他的生命里的“方位”：它是他似乎永远不会结束的旅程之中的“极点”（注意，不是“终点”）。他用一个否定句肯定地告诉他的听者，他从来没有到过“像阿德尔玛这样远的地方”。

阿德尔玛到底有多远？这是马可·波罗的叙述准备

回答的问题。他乘坐的轮船穿过凄凉的暮色驶近了这座城市。他首先看见的是将缆绳在缆桩上系牢的水手。这是怎么回事？他惊呆了：这活生生的水手很像是他那位死去多年的战友。

他注意到的第二个人是正在将海胆装车的老人。他想进一步看清楚老人的面孔，但是，老人却突然消失了，消失在小巷的深处。马可·波罗想起来了，这位老人很像他小时候就熟悉的一位老渔民。从他自己的年龄来推想，那位老渔民当然应该早就不在人世了。

接下来，他看见的是一个蜷缩在地上的病人。病人虽然用毯子包裹着头，马可·波罗还是能够看清楚他的面孔。那是他自己的父亲临终前的面孔。

马可·波罗绝望地将头扭开：他没有勇气再去正视在这座城市里出现的任何一副面孔。他没有勇气再去看见这座“看得见”的城市，因为这座城市再现的是那座散发着死亡气息的“看不见”的城市。

他这样想：如果阿德尔玛只是一座居住着死者的梦中的城市，他一定没有勇气去注视这令他恐惧的梦；而如果阿德尔玛的确是一座真实的城市，他的注视一定会让那些被辨认（或者误认）出来的面孔充满了痛苦。他既不想自己恐惧，又不想别人痛苦。因此，他提醒自己不要再去注视这座“看得见”的城市。

可是，他不可能不去注视。他注意到了那个少女用一根麻绳从阳台上放下来的一只篮子，一个卖菜的小贩正在将包菜放进篮子里。那个少女与他们村子里那个因失恋而失常，最后自杀身亡的少女长得一模一样。而当那个小贩抬起头来的时候，马可·波罗看见的是他外婆的脸。

他接着想：一个人在一生之中通常会到达这样的一个“转折点”，从这一点开始，他认识的死者的数量超过了他认识的活人的数量。这时候，他的心灵肯定会拒绝接受更多的面孔，因为新的面孔总是戴上了死者的面具。

他继续注视这“看得见”的城市。他看见装卸工背着酒坛和酒桶爬上台阶。他耐心又恐惧地等待着他们露出被麻袋头罩遮盖着的面孔。他没有将目光从他们的身上移开还有另外的原因：他知道拥挤在这座城市狭窄的街道上的形形色色的面孔都在等待着他视线的转移。只要他的目光从一个地方移开，其他的面孔就会朝他蜂拥过来。

这些面孔不仅会请求他的辨认，而且还会试图来辨认他。马可·波罗知道，在阿德尔玛的居民们看来，他自己也一定很像是一个已经死去的人。跨进这座城市的城门，他就跨越了生与死的边界。

而阿德尔玛当然就是在死亡一侧的城市。他最后想：在这座城市里，人们总是能够遇见去世多年的亲人、熟人、路人甚至敌人。也总是只能够与死者相遇。他自己的出现意味着他自己已经死去。他从死者的表情中看到了这最远的世界中的忧郁。令他恐惧的也许不是这相遇本身，而是通过这相遇深深地触动了他那遥远的忧郁。

阿德尔玛到底有多远？马可·波罗终于回答了这个问题：这座“看得见”的城市坐落在“看不见”的来世。它不仅是马可·波罗漫长旅程之中的“极点”，也是一切生命旅程的“极点”。更重要的是，马可·波罗发现了在这“极点”徘徊着的忧郁，来世的忧郁。他发现来世的生活一点也不快乐。

他的发现耸人听闻又催人泪下。它唤醒了他的听者对现世的奢求：他应该在现世寻找幸福和快乐。

浓缩的天空：第三十五座城市

马可·波罗用他含义深奥的语言和他得心应手的第二人称将他的听者带到了欧多克西亚（Eudoxia）。这是第一座与“天空”相关的城市。这座城市里最珍贵的收藏是一块浓缩了许多阿拉伯图案的地毯。马可·波罗对他的听者说，从这块地毯上，你可以看到欧多克西亚的“真正的形式”。

最初的一段和最后的一段中部的两个转折是理解马可·波罗真实意图的关键。在最初的一段，转折发生在对这块地毯的阅读方式上。粗看起来，这块地毯只不过在图形上与欧多克西亚相似。它就像是一张地图，保存和标识的仅仅是这座城市中的各种位置关系。“然而”，仔细一看，这块地毯所包含的内容远远超过了单纯的位置关系。

这是一块浓缩了“整座城市”的地毯：地毯里的每一个地点都与城市里的地点相对应，而城市里面的“一切”都根据它们之间“真实的关系”保存在地毯之中。也就是说，这块地毯不仅仅是这座城市的地图，还是这座城市的历史风貌、社会背景、文化特征和政治格局等的指南。它囊括了这座城市的全部细节。它的详尽程度显然远远超过了关于这座城市的大百科全书。

在这座城市行走的时候，“你”经常会被城市的嘈杂和喧闹所吸引，许多重要的细节会乘机逃离“你”的注意。任何一个人都可以根据自己的生活经历去想象，这样一块地毯的编织者应该会有怎样超凡脱俗的专注、细腻和韧性。它显然不会是一部常人的作品。更重要的是，任何一种日常的视角都必定错过许多只能从其他日常的角度获得的信息，而这块地毯的存在意味着存在一个观察这座城市的最完美的位置，它优越于所有其他的观察角度。从这个最完美的位置，这块地毯的编织者可以看到隐藏在这座城市生活里的最微小的细节和最真实的比例。不难想象，这个最完美的观察位置一定具有天空的高度和天空的宽度。

像许多城市一样，欧多克西亚也很容易让人迷路。但是，只要“你”细心地跟踪着这块包罗万象的地毯上颜色奇异的线头，“你”就总是可以找到通向你自己的目的地的正确方向。这就是说，这块地毯不仅传递关于欧多克西亚的客观知识，还能为在这座城市居住的个人提供准确的生活指导和心理咨询。也就是说，这块地毯与个人生活之间也存在着一种对应。事实上，它的确浓缩了在欧多克西亚生活过和将在欧多克西亚生活的所有个人的生活。因此，马可·波罗告诉他的听者，将固定在这块地毯中的冷酷秩序与自己关于这座城市的焦躁意想相比较，欧多克西亚的每一个居民都可以从浓缩的图案中发现他个人命运的跌宕、个人生活的脉络以及困惑他自己的所有问题的答案。

也就是说，这块地毯不仅浓缩了“看得见”的城市，也浓缩了“看不见”的城市。它与欧多克西亚之间的神秘的对应关系得到了神谕的回应和肯定。根据神的启示，“地毯”和“城市”是两种极不相同的事物。它们当中，只有一种是依循星空和轨道的形式展开的，那当然是神的创造；而另外的一种只是前一种的“近似的反映”，它显然只是人的制作。

有很长一段时间，欧多克西亚的居民们理所当然地相信神谕肯定的是这块包罗万象的地毯。他们将它看成神的创造。“然而”，在叙述的最后一段，马可·波罗用另一个强有力的转折将他的听者带到了相反的结论：“你”事实上也可以将欧多克西亚本身看成是整个宇宙的地图。这相反的结论意味着，“你”可以从这座城市的前景看见浓缩于其中的整个宇宙的未来。也许这才是神的真实的用意？

而马可·波罗马上就让他的听者知道了这座城市的前景是一场毁灭性的灾难：这座与“天空”相关的城市将在灰尘、烈焰和尖叫声中走向毁灭。如果欧多克西亚是整个宇宙的地图，它的毁灭就意味着是整个宇宙的终结。

超薄的风景：第三十六座城市

与“目光”相关的城市出现得总是有点“突然”，这最后的一座也不例外。蹚过那一条没有什么特征的河，翻过那一座没有什么特征的山，莫茹阿娜（Moriana）“突然”就出现在你的眼前。你的“目光”马上就触及到了这座城市奢侈的外表：在阳光下透明的细纹大理石门板、支撑着威严的三角墙的珊瑚立柱、水族馆似的全玻璃的别墅以及其中那些披着银色鳞片的舞女在水母一样的吊灯下起伏的身影。这奢侈的外表对你疲惫的“目光”是一种及时的安慰，还是一种更深的折磨？

你看见了这“看得见”的城市。但是，你并没有被它奢侈的外表所迷惑。马可·波罗肯定，如果这不是你的第一次旅行，你就一定会想到，像这种仙境一样的城市一定还有它另外的一面，“看不见”的一面。你就让这阅历带给你的“嗅觉”去遥控你的“目光”。你的“目光”继续移动，最后果然触到了这座城市最隐蔽的部位。对你来说，这肯定是这座城市最敏感的部位；而对这座城市本身来说，这无疑是它最麻木的部位。瞧这一片破烂不堪的景象：锈坏的铁板、破碎的布条、裂开的木块、熏黑的管道、堆码起来的罐头壳以及斑驳的隔墙等。这景象似乎与世隔绝，你的“目光”在这里没有触及任何的生机。但是，你清楚地知道，自己这正好是从仙境走进了人间。与莫茹阿娜那奢侈的一面相比，这座城市贫瘠的一面散发出了更加强烈的生活气息。

这不是所有旅行者都能够看见，都愿意看见或者都应该看见的一面。但是，你看见了它。你的阅历将你带进了这座“看不见”的城市。你的“目光”遭受了更深的折磨。面对这破烂不堪的景象，你思绪万千。你也许不会再相信自己的“目光”了，因为你肯定会相信这目光不可能再走得更远。

在每一座与“目光”相关的城市，马可·波罗总是挖空心思，想去暴露“目光”的弱点。羞辱“目光”好像是他特殊的使命。要完成这一使命，可以选择两种基本的叙述方式。一种就是在叙述中让“目光”触及它不愿意或者它不应该触及的事物。眼睛是最贪婪的器官，但是，眼睛的贪婪以及因此而导致的“目光”的“营养过剩”很容易在心灵中留下永久的伤痕。这种伤痕是对“目光”的羞辱或者嘲讽。在前面的那四座与“目光”相关的城市里，马可·波罗已经采用这种方式对“目光”进行了羞辱或者嘲讽。

而羞辱“目光”的另一种基本方式是让“目光”无法触及它愿意触及或者应该触及的事物，也就是让“目光”处于“营养不足”的状态。这是马可·波罗在这最后一座与“目光”相关的城市将要采用的叙述策略。他要用一种奇特的“发现”让“目光”无法享受莫茹阿娜的奢侈。

他发现莫茹阿娜另外一面的存在使这座城市失去了厚度。当这座城市不断为你的“目光”提供风景的时候，你却无法在这些风景中流连忘返。因为这些风景根本就没有景深，没有厚度。你的“目光”总是迅速就穿过了它，并且立刻抵达与它对立的一面。莫茹阿娜是奢侈与贫瘠的“对立统一”。它这两面的风景总是贴在一起，就像是一张薄纸两面的图案。它们之间几乎没有时间和空间上的距离。而更重要的是，因为密不可分，这对立的双方都不可能“看见”对方，不可能意识到对方的存在。也就是说，在莫茹阿娜，奢侈和贫瘠都“无视”对方的存在。在这最后一座与“目光”相关的城市，“目光”完全变成了多余的东西，变成了“无用的激情”（这是存在主义对人生的悲观定义）。

毫无疑问；由这种超薄的风景构成的莫茹阿娜永远都只是一座“看不见”的城市。

原型的疑问：第三十七座城市

就像世界上所有那些最古老的国家一样，第四座与“名义”相关的城市克拉茹丝（Clarice）也有极为痛苦的历史：它几度衰落又几度兴盛。而困扰这座城市（以及它的历史）的最大疑问就是它的“原型”之谜。第一座克拉茹丝是这座城市的原型，也是它的楷模。这座城市后来的每一次辉煌都是对它的接近，或者是与它的攀比。不过，它是无与伦比的楷模。后来所有那些以克拉茹丝的名义建成的城市都因为这楷模的存在而存在着这样那样的缺陷。

在第一次长达几个世纪的衰落之后，成群结队的幸存者从他们藏身的洞穴里钻了出来。他们不仅像老鼠一样在废墟上翻找和咬嚼，他们还像小鸟一样在废墟上采集和建造。他们找到了曾经属于那座遭受灭顶之灾的城市里的所有的物品。不过，根据这些物品的损坏程度以及废墟本身的特征，他们为这些物品安排（或者说“发现”）了不同的用途。比如：缎面的窗帘被改用来做了床单，大理石的骨灰盒被改用来做了花盆，而后宫窗户上的铁栅栏被改用来烧烤猫肉。他们用想象变废为宝，一座新的克拉茹丝终于在废墟上诞生了。就这样，“看不见”的克拉茹丝又能够“看得见”了。根据马可·波罗的观察，前一座克拉茹丝的每一样物品都通过因势利导和因地制宜而获得了“再生”的机会。遭受了灭顶之灾的城市似乎并没有遭受财物上的损失。

这样一座从废墟里捡拾起来的城市渐渐有了惊人的发展和繁荣。这种发展和繁荣的标志是：在这座城市里突然出现了新的建筑、新的财富和新的人口。所有这些“新”的出现，与前一座克拉茹丝或者说克拉茹丝的上一次辉煌，都没有任何联系。历史哲学理论在这个突变的时刻开始联系“实际”：随着它越来越成功地融入“原型”的克拉茹丝所在的地域以及“克拉茹丝”这个“原型”的名称，新的克拉茹丝越来越清楚地意识到了自己的背叛：它值得骄傲的发展和繁荣，事实上是对克拉茹丝的“原型”的背离和损毁。这“看得见”的城市陷入了极度的矛盾之中：一方面，它得意于自己取得的辉煌成就；另一方面，它又对自己与“克拉茹丝”这个名称的冲突与疏离充满了内疚。它将自己看成是一个受合法性质疑的“篡位者”。

这位被良心困扰着的篡位者试图通过善待“过去”来缓解心灵的疼痛。因此，在新的克拉茹丝，旧世界并没有遭受被“彻底砸烂”和“彻底埋葬”的虐待（“文化大革命”式的虐待）。那些与旧时代有关的东西被送进了博物馆，被妥善地保存了下来。从精心利用旧世界到妥善保管旧世界，克拉茹丝的生活方式发生了微妙的变化。原型的城市与新型的城市分离开了。历史与现实分离开了。渐渐地，已经没有任何人知道那座作为原型城市的克拉茹丝里的任何事情了。

随后，“克拉茹丝”继续自己的衰落和兴盛。这座城市的人口和风俗发生了几次重大的更迭，而它的名称和位置却保持不变。新的克拉茹丝就像是一个有血有肉的生命，不断在沸腾的生活中洗心革面，而旧的克拉茹丝却只是陈列和封存在博物馆里的碎片。新的克拉茹丝与这些碎片早已经失去了生理和精神上的“联系”，它仅仅与它们保持着礼节性的“来往”。这种来往更多地是为了炫耀新时代的宽厚，而不是弘扬旧时代的荣光。比如说，这座城市的居民们已经不知道那些科林斯式的柱顶雄踞在立柱顶部上时的英姿。仅有的一个柱顶受到了较新时代的重视是因为在一次赛鸡会上，它被用来摆放那只供母鸡下蛋用的篮子。比赛之后，这从前的柱顶就因为它在较新时代的这一特殊贡献，被送进了博物馆。

经过所有这些衰落和兴盛，时代与时代之间的联系已经丢失殆尽。这时候，关于第一座克拉茹丝，也就是关于这座“看得见”的城市的“原型”的疑问就越来越深了。许多争论围绕着这种疑问展开：也许这第一座克拉茹丝事实上只是代代相传的一个神话，因为并没有任何实际的“证据”来证明它的存在。也许那些柱顶在进入神庙之前就已经被用来摆放篮子，而大理石的骨灰盒最开始很可能就是花盆。

这些争论动摇了对“克拉茹丝”这个名称的信念。这个名称就像一个国家、一个社会或者一个时代的名称一样，可能并没有包含任何真实和固定的内容。也就是说，那被作为楷模的克拉茹丝的“原型”可能并不存在。这座城市也许从来就是各种历史碎片的混合体，各种势力和欲望的混合体，自始至终都是一个用动听和纯洁的名称掩盖起来的、喧嚣和混乱的城市。

复制的复制：第三十八座城市

尽管已经进入了另外一座城市，“原型之谜”仍然在困扰着马可·波罗。这是第三座与“死者”相关的城市。贪图“享乐”和远离“烦恼”是这座城市的品性。这种品性使这座城市的居民希望“生”与“死”的过渡不至于那么唐突。于是，他们有了一个“创意”：在这座城市的地下复制一座同样的城市。他们会趁着尸骨未寒将所有的尸体送往那座“看不见”的城市。他们希望死者们在那里继续他们在“看得见”的城市里意犹未尽的生活。

这座复制城市的存在使马可·波罗经常有必要在这座城市的名字（专有名词）前面加上“定冠词”。这个“违反语法”的细节给他的叙述带来了一种特殊的风味。在“看不见”的欧萨皮亚（Eusapia），享乐的品性仍然表现得非常彻底：大多数尸体都被摆在丰盛的餐桌旁，而那些无缘入席的尸体被摆成跳舞或者吹号的姿势。“看得见”的欧萨皮亚中的所有那些有意思的行业都在“看不见”的欧萨皮亚继续经营：钟表匠的骷髅正在修理祖父的闹钟；理发师的骷髅正在给一个演员的骷髅刮脸，而那个演员的骷髅同时又在研究即将上演的剧本；还有那个大笑的女孩的骷髅，她正在给那只小奶牛的骨架挤奶。

但是，马可·波罗知道，许多人其实都想在死后过不同的生活。所以，更多的死者都涌向了那些更受人尊重的职业。于是，“看不见”的欧萨皮亚有着比“看得见”的欧萨皮亚多得多的“成功人士”。歌唱家、银行家、提琴手、公爵夫人以及大臣和将军在“看不见”的欧萨皮亚比比皆是。

将这些尸体送往“看不见”的城市并在那里为他们妥善地安排工作是一项特殊的任务。它由一个类似圣方济各会的宗教组织的成员来承担。所有关于那座“看不见”的城市的消息都来自他们的报道。这个组织也因为他们的这一特殊使命而在“看得见”的欧萨皮亚享有权威的地位。

马可·波罗巧妙地利用了他们的权威。在接下来的叙述中，他连续五次使用了“他们说”。他用“他们说”来让他自己的叙述真实可信。就这样，他自己的叙述变成了间接引语。

那些负责运送尸体的人带回来的第一条信息巩固了他们的权威地位。“他们说”，在死者的世界里也有他们自己的组织。这是由他们那些死去的“小兄弟们”自发地组织起来的。这种说法在“看得见”的欧萨皮亚激起了谣传的浪花。不少人开始认为，这个组织出现在“看得见”的城市里，其中的一些成员其实就是死人。这种极富想象力的谣传不仅丝毫没有动摇这个组织的合法性，甚至还使这个组织蒙上了更加神秘的色彩，进一步巩固了它的权威。

他们带回来的更重要的信息是，每次他们下到“看不见”的欧萨皮亚之后，总会发现那里正在发生一些神奇的变化。“他们说”，死者们正在自己的城市里“改革”和“创新”。因此，他们在“欧萨皮亚”这个专有名词前面加上了定冠词。“他们说”，年复一年，“那”欧萨皮亚已经变得不可辨认了。

他们的这一条信息在“看得见”的欧萨皮亚引起了更大的骚动。这座城市的居民们绝不愿意落在“死者”的后面。他们根据负责运送尸体的信徒们的描述开始在“看得见”的城市做同样的“改革”和“创新”。也就是说，他们开始“复制”他们的复制品，复制他们复制的“看不见”的欧萨皮亚。

这个类似圣方济各会的宗教组织不仅操纵着欧萨皮亚的生活，而且还想否定欧萨皮亚的生活。“他们说”，“看得见”的欧萨皮亚其实一开始就是死者们按照“看不见”的欧萨皮亚的样子修建的。这显然是一条更具颠覆性的“逻辑”。它顺理成章地引起了另外一种令“看得见”的欧萨皮亚更为惶惶不安的说法：“他们说”，现在已经没有办法证实，在“看得见”和“看不见”的这两座城市之中，究竟哪一座是“活人”的城市，哪一座是“死者”的城市。因为只有这个组织的人能够看见并且曾经看见这两座“生死有别”的城市，他们的疑惑当然值得相信。

“活人”与“死者”就像时间和空间一样，变成了两个相对的概念。关于生命的认识进入了一个新的阶段。“原型之谜”演变成了“原型之争”。更重要的是，这还是“生”与“死”的斗争，是真正的你死我活的斗争。

龌龊的崇高：第三十九座城市

碧尔诗芭（Beersheba）的居民们有一种代代相传的信仰：他们相信这第二座与“天空”相关的城市里存在着两座“看不见”的城市。他们的这种信仰决定了这座城市的生活方式和生活质量。

这两座“看不见”的城市中的一座悬挂在“天空”之中。它当然是一座崇高的城市。它的崇高不仅仅是因为它地理位置的居高临下，更重要的是因为它精神境界的登峰造极。这座高高在上的“看不见”的城市是由“看得见”的碧尔诗芭“精炼”而成的：它集中了碧尔诗芭圣洁的品德和高尚的情操。

世世代代，这座“看不见”的城市都被想象为是一个饰以珠宝和钻石的“纯金”的制品。精神上的崇高通过想象或者说通过物质上的昂贵获得了感性的生命。碧尔诗芭的居民们将自己想象之中的“看不见”的城市敬奉为自己生活于其中的“看得见”的城市的样板，在每一个细节上都着意模仿它的风范。他们开始在自己生活于其中的城市里崇拜起了贵重的金属和罕见的石头。这些“物质”被他们当成“精神”的象征。与此相应，他们鄙弃那种过眼云烟似的虚荣，而崇尚厚重的积累、永恒的沉静。

对碧尔诗芭的居民们来说，仅仅有对“崇高”的膜拜还不足以表现他们对生活的苛求和严厉。他们还要求生活必须有对“龌龊”的惩戒。因此，他们还相信另外一座“看不见”的城市的存在。他们想象这座城市深藏在地下，想象它是由“看得见”的碧尔诗芭城里的垃圾和粪便、通过肠道一样的阴沟和下水道，在城市的地面之下淤积而成的。这座“看不见”的城市不仅来自“看得见”的碧尔诗芭，而且永远都是“看得见”的碧尔诗芭里最龌龊的品性和事物的归属。事实上，它被当成“反面教材”，为生活提供了借鉴。碧尔诗芭的居民们总是会及时从自己的城市里清除掉与这座“看不见”的城市的联系以及任何相似的细节。

这两座“看不见”的城市并存于碧尔诗芭居民的想象之中，满足了他们对生活的苛刻和严厉。碧尔诗芭的居民们对世界的看法是绝对的。他们固执地相信崇高就是崇高，龌龊就是龌龊。他们固执地相信崇高与龌龊之间有绝对和分明的界限，就像在真理与谬误之间一样。他们热爱崇高、敬仰崇高。他们憎恨龌龊、鄙弃龌龊。他们绝对不会看见“天堂”般的楷模与“地狱”似的借鉴之间发人深省的“一致”。

可是，马可·波罗看见了这两座对立的“看不见”的城市之间惊人的“一致”。他首先拔高了“龌龊”。他告诉他威严的听者，那座龌龊的“地狱之城”也有它“崇高”的一面。它其实是由最权威的建筑师设计，用最昂贵的材料建成的。它所有的设备都运作良好。而且这些设备所有的管道和操纵杆上都装饰着花边和流苏，显示出设计师的周全和考究。

然后，马可·波罗又贬低了“崇高”。他告诉他威严的听者，那座闪耀着碧尔诗芭全部光芒的“天堂”般的城市其实不过只是一座外表“龌龊”的行星。它龌龊的外表由土豆皮、烂雨伞、旧袜子、包糖纸、废车票、鸡蛋壳以及剪落的指甲和老茧等这些随意抛弃的垃圾构成。也许正是这些细碎的垃圾使那座象征着完美的“天体”散发出更炫目的光彩。

对道德和完美的崇拜以及对污垢和缺陷的鄙弃使碧尔诗芭居民们的生活变得非常刻板和拘谨。他们不再懂得和欣赏放纵的乐趣以及自由的畅快。

“崇高”和“龌龊”的对立窒息了碧尔诗芭的前途。两座“看不见”的城市势不两立，令“看得见”的城市失去了魅力和生机。

昨日的流沙：第四十座城市

又一类新型的城市出现了：利奥妮亚（Leonia）是第一座“连续的”城市。

这座城市狂热地追求“新”的生活：它的居民们每天都从新的床单上醒来，每天都用新的肥皂洗澡，每天都穿上新品牌的服装，每天都从最新款的冰箱里取出还没有打开过的罐头，每天都从最新款的收音机里收听到最后（最新）一声报时的钟声……

面对如此“新”型的城市，马上应该想到的是一个很实际的问题：应该怎么处理那些用过（而不一定是用旧了）的物品呢？只有及时地处理好那些用过的物品，“看得见”的利奥妮亚才会有足够的空间来充分显示自己的“新意”。

那些被用过的物品代表着“昨天”的利奥妮亚，“看不见”的利奥妮亚。它们被严严实实地包裹起来，摆放在路边。这其中不仅有挤瘪的牙膏皮，还有过时的百科全书和旧款的钢琴。它们在“骄傲”地等待着清洁工的到来。

它们有充分的理由“骄傲”。因为根据马可·波罗的叙述，更能够衡量利奥妮亚的奢侈程度的与其说是那些每天制造出来的“新”的东西，还不如说是这些每天被抛弃的用过（而不一定是用旧了）的物品。这些被抛弃的物品不仅显示出了这座城市的奢侈程度，还引起了马可·波罗对这座城市的心理分析。他怀疑利奥妮亚的激情并不是像人们通常认为的那样，建立在“喜新”的偏好与“迎新”的快乐之上，而是建立在“厌旧”的怪癖与“除旧”的快感之上。

那些负责“除旧”的清洁工被这座城市的文化和道德美化为“天使”。他们的劳动引起了人们的尊重。但事实上，一旦“昨天”的利奥妮亚变成了“看不见”的利奥妮亚，居民们就不会再想起他们了。因为这些清洁工不仅依赖“旧”的事物生活，而且他们本身就是“旧”的事物。哪怕仅仅在大脑之中，利奥妮亚的居民们也不会给“旧”

的事物留下足够的余地。

这些一味追“新”的居民们甚至也不想知道“看不见”的利奥妮亚被运到了什么地方。它被运到了城市的远郊：被抛弃的物品在那里堆积起来，而且越堆越高。还有，随着利奥妮亚“创新”的水平越来越高，它每天所抛弃的物品质量也越来越好。不断提高的质量使利奥妮亚的“垃圾”越来越能够抵挡住时间和风尘的侵蚀。最后，它们形成了一道坚不可摧的墙，完成了对“看得见”的城市的包围。这座由垃圾构成的墙时时刻刻都在注视着抛弃了它的城市，它失去的城市。这种注视无疑会煽动它巨大的野心。

这是过去对现在的注视，这是失去对占有的注视，这是“看不见”对“看得见”的注视。这种越积越高的注视就像是越积越深的怨恨。用马可·波罗自己的说法，过去的碎片已经被时间铸成了一件脱不去的“铠甲”。“看不见”的利奥妮亚马上就要出征了。它将有两个符合逻辑的进攻方向。

第一个方向是向外的扩张。在这种情况下，利奥妮亚的“垃圾”会去开拓更大的生存空间，渐渐地占领更多的世界。这种扩张当然会遇到相邻城市的“垃圾”的顽强抵抗。两座城市的“垃圾”会互相渗透和覆盖。他们鏖战的战场将构成两座敌对的相邻城市之间极不稳定的边界。

而“看不见”的利奥妮亚最大的威胁当然是对内的威胁。仇恨简化了“看不见”的城市的未来：它要收回它失去的城市或者它要毁灭抛弃了它的城市。“昨日”越来越高的堆积使“看得见”的利奥妮亚终日生活在坍方的威胁之中。一个锡皮罐或者一个旧轮胎或者一个空酒瓶的骚动就很可能会引起利奥妮亚“昨日”（可能还夹杂着相邻城市的昨天）的大崩塌。也就是说，面对“昨日”洪水猛兽般的卷土重来，“日日新”的利奥妮亚转眼之间就会失去“又日新”的机会。

利奥妮亚之所以一味创新似乎是想打断“连续性”对生活的束缚。但是，它最后还是会遭受“决裂”的报复。那些虎视眈眈的相邻的城市早就在等待着这一天了。那将是它们不战而胜的日子。它们会用早就准备好的推土机，将这座被埋葬的“新”的城市以及埋葬它的昨天的“流沙”（垃圾）一起从历史的进程中清除出去，翻开历史新的一页。

远处的名字：第四十一座城市

在关于艾若妮（Irene）叙述的第三自然段，卡尔维诺本人的介入是整部作品中唯一的，也是最明显的败笔。这一段是这样开始的："在这个时刻，忽必烈希望马可谈谈艾若妮'里面'的情况。但是，马可做不到这一点：因为他还没有发现被那些高原上的人称为'艾若妮'的城市。"这显然是卡尔维诺本人的介入，而不是马可·波罗自己的叙述。

这是最后一座与"名义"相关的城市。这是叙述者的"名义"出现的唯一的混乱。很难想象，在写作过程中注意力总是高度集中的卡尔维诺，为什么会放过这样一个很容易识别，也很容易改正的失误。事实上，有很多办法可以将这两句话"还原"成马可·波罗本人的叙述。这种"还原"不会对叙述的其他部位产生任何消极的影响。

是灯光将艾若妮呈现在旅行者的视野之中。站在远处的高原之上，旅行者可以通过暗淡的灯光辨认出这座城市里的窗户、街道和花园。同时出现在高原之上的，还有牧羊人、捕鸟人和隐居者。这些远离城市生活的人们与旅行者一起向下张望“看得见”的城市。有时候，他们听到了号声、鼓声和鞭炮声，那应该是节日的征象；有时候，他们会听到枪声、炮声和火药库的爆炸声，那应该是革命的宣言或者是内战的信号。这些远离城市生活的人们不知道这座城市的“里面”到底发生了什么。

他们开始小心地猜测。他们无疑还没有听说过“革命是人民群众的盛大节日”之类的豪言壮语，还不可能通过隐喻将“革命”与“节日”，或者与“娱乐”联系在一起。这种无知使他们想知道，在那些喧哗与骚动的夜晚，生活在艾若妮到底是不是一件“愉快”的事情。通向艾若妮的路很难走，他们没有勇气从高原上走下去，去进行大胆的“求证”。

但是，他们的感觉和思绪却被位于深谷之中的这座“看不见”的城市深深地吸引住了。

马可·波罗不可能告诉忽必烈任何从“里面”看到

的艾若妮的情况，因为他还没有看见这些高原上的人称为“艾若妮”的城市。更准确地说，他像所有那些站在高原上的人一样，不可能看见这座被称为“艾若妮”的城市。“艾若妮”只是一座远处的城市的名字，一个远处的名字。对于那座远处的城市来说，只有它的名字是“看得见”的。

你只能远远地望着“艾若妮”，远远地听着它发出的声音。你只能好奇地去猜测它的渴望，或者不安的“现状”。它生活得是否愉快永远都只是你的假定。艾若妮是一座无法接近的城市：你的走近会引起它的深刻变化。也就是说，当艾若妮不再是一座“远处”的城市的时候，它就不再是“艾若妮”了。借用道家的术语，这座城市的名字可以说是一个“非常名”。

这最后一座与“名义”相关的城市引起了马可·波罗进一步的思考。他意识到，一座城市不是一个绝对的存在和一个客观的存在。城市的存在方式依赖于人对它的感知方式。对于同一座城市，那些只是与它擦肩而过的人与那些与它朝夕相处的人会有不同的认识。因此，这同一座城市也就是“不同”的城市。同样一座“艾若妮”对于旅行者和定居者显然不是同一座城市。更复杂的是，甚至对于同一个人，同样的一座城市也可能有不同的“面孔”：一位旅行者刚刚到达的“艾若妮”与他即将一去不复返的“艾若妮”应该不是同一座城市。这很像是说，坚决想与你离婚的那个人和当初坚决想与你结婚的那个人不是“同一个人”一样。（这种“不同”意味着，你用离婚否定的并不是你的结婚）

也许每一座城市都应该有许多不同的名字，以便容纳它许多的“不同”。但是，一座城市却通常只有一个名字。城市固定的名字使城市对人波动的感知产生了免疫力。一个“名”囊括了所有的“实”，这其实是名字的“霸道”或者“滥用”。想到这里，马可·波罗进一步铤而走险，得出了更加激进的结论。他用“也许”来冲淡这些结论的激烈程度：他告诉他的听者，“也许”他已经用其他城市的名字谈论过艾若妮了，因为其他的“名”完全也可能包括了艾若妮的“实”；而另一方面，“也许”他关于所有城市的谈论都是在谈论艾若妮，因为所有的“实”可能都只是同一个“名”（比如“艾若妮”）的“实”。

马可·波罗用这激进的结论第一次揭示出了他生命的秘密：也许他流芳百世的旅行不过就是一种叙述、一种虚构。也就是说，也许他从来就没有离开过他出生的那座波光粼粼的欧洲城市。

静止的不安：第四十二座城市

已经经过的那三座与“死者”相关的城市都比较长，而最后将要经过的那一座更是整个《看不见的城市》中最“长”的城市。现在，马可·波罗将他的听者带进的是第四座与“死者”相关的城市，这座城市却相当的短。它的长度几乎接近了最“短”的城市。这极短的篇幅显然不足以充分展开马可·波罗对死亡的思绪和思想，他的听者很可能会有透不过气来的感觉。

这正好是一种很真实的感觉，因为它完全符合这座城市的“客观存在”：阿尔吉娅（Argia）是一座没有空气的城市（这是它区别于其他城市的地方）。它的街道上布满了灰尘，它的房屋全部被黏土包裹，而它所有屋顶的上方都悬挂着大大小小的岩石（这些岩石就像是这座城市由灰土构成的“天空”中的云彩)。总而言之，阿尔吉娅是一座由泥土而且仅仅由泥土构筑的城市。

马可·波罗好像是有点恐惧了。恐惧也许是他第一次要借用“第一人称复数”来完成自己的叙述的原因。他告诉他的听者，“我们”知道这座城市的居民们只可能像蚯蚓或者树根一样在这座被泥土“覆盖着”的城市里“走动”。毫无疑问，这座“看得见”的城市事实上根本就“看不见”，因为阳光不可能穿透由灰土和岩石构成的“天空”。更何况，这座城市所有的窗口都被泥土封堵住了!而打开所有的房门，居民们能够呼吸到的也只有灰尘和泥土。

这是一座被活埋的城市。马可·波罗短促的叙述带来了令人透不过气来的感觉。没有阳光的照射和缺乏空气的流通使这座城市潮湿无比。湿气侵蚀着居民们的身体，吞噬着居民们的精神。阿尔吉娅的居民们已经没有一点活力了。卧床不起成了他们全部的日常生活。

也就是说，在阿尔吉娅，所有的人都是垂死的人，而活着就是弥留，就是正在死去。“死亡”又一次成为“生命”的同义词。马可·波罗又一次试图混淆生与死

（“同生死”）或者更激进地说，是试图颠倒生与死。也许只有通过这种混淆和颠倒，“我们”才有可能真正理解生与死。

阿尔吉娅是一座被活埋的城市。终年的黑暗是这座城市生活的实景。这无边无际的黑暗不是“掩盖”了这座城市里的运动，而是“终结”了这座城市里的运动。在阿尔吉娅，生活几乎是绝对的静止。

因为阿尔吉娅只是一座“看不见”的城市，“我们”事实上不可能通过“视觉”来证实它的存在。但是，“我们”又不可能只是满足于用“相信”去盲目地肯定它的存在。流行的说法中有不少关于这座城市形象的描述，比如有一种说法声称这座城市就正好被埋在地面之下。马可·波罗因此产生了一个很天真的想法。他在提出建议的时候，换到了第二人称。他建议说，在夜深人静的时候，“你”可以将耳朵贴在地面上，去尝试一下是不是可以通过“听觉”来感觉阿尔吉娅的存在。

“你”真的会有所收获。因为马可·波罗肯定地说，你有时候会听到从地下传来的粗暴的关门的声音。这声音一定会深深地打动你。你会激动地想，那“看不见”的绝对静止的生活其实并不平静……那无边无际的黑暗其实并没有抑制所有的骚动……阿尔吉娅就像你熟悉的那些“看得见”的城市一样充满了懊悔、矛盾和烦恼。没有阳光和缺少空气的生活虽然让布满灰尘的身体失去了活力，对过去的哀怨、对现在的不满以及对未来的忧虑却让灵魂无法静若处子和净如明镜。你没有必要去想象那些垂死的居民们是因为“什么”而不安，他们的“不安”本身已经足以撩动你的思绪。

通过这穿透了黑暗和死亡的不安的声音，你“看见”了“看不见”的阿尔吉娅。通过你的“听觉”，你见证了第四座与“死者”相关的城市的存在。

未竟的天空：第四十三座城市

刚刚离开的阿尔吉娅是一座完全“看不见”的城市，而现在抵达的泽克拉（Thekla）则是一座几乎“看不见”的城市。

这第三座与“天空”相关的城市被一堵木板钉成的防护墙圈围起来。越过这堵护墙的顶部可以看见以“天空”为背景的脚手架、缆车、天桥以及没有封顶的建筑和那些建筑四周的防护网：它们构成了“看得见”的泽克拉。从这些要素上，人们马上就会意识到，泽克拉是一座“建设中”的城市。

这本来没有什么特别的地方，因为任何一座城市都“曾经”是或者“正在”是一座建设中的城市。泽克拉的特别之处，只有那些经常走近这座城市的人才有可能发现。他们发现泽克拉的建设从来就没有停下来过。也就是说，泽克拉是一座在“不断”建设中的城市。发现了这个秘密，一个很简单的问题将接踵而至：为什么泽克拉的建设需要花费这么长的时间呢？

马可·波罗这一次选择用对话的形式来完成他的叙述。他告诉他的听者，如果向泽克拉的居民（或者不如说是泽克拉的建设者）们提出这很简单的问题，他将会从他们那里得到一个很深奥的答案。他还发现，即使在回答问题的时候，泽克拉的居民们都不会停下手头的工作。他们总是忙得不亦乐乎。他们一边忙着搬运材料一边肯定地回答说，不停地“建设”泽克拉的目的是为了使这座城市的“毁灭”不可能开始。

也就是说，泽克拉的居民们是出于对毁灭的恐惧才不停地建设着自己的城市。听到这深奥的回答，人们还是想象不出那恐惧的强度，或者更准确地说，想象不出那毁灭的强度。难道脚手架拆除之后，这座城市就真的会开始倒塌吗？这是他们进一步的问题。这一次，他们听到的回答不仅深奥而且还有点玄秘。它是一阵急促的“耳语”。“不仅仅是这一座城市。”泽克拉的居民这样低声回答说。

从他们的回答可以推想，他们的恐惧有更加深刻的内容，而他们所恐惧的毁灭也有更加深远的影响。

但是，提问者并不满意这深奥而玄秘的回答。他会好奇地走近防护墙，将脸贴近那上面的一道缝隙。因此，他看见了整个城市火热的建设场面。这火热的场面激起了他更多的疑问。他不知道这种不断的建设到底有什么意义以及这种不断建设的城市到底有什么用处……最后，他还想知道，这座城市“最后”到底会建设成什么样子，或者说，建设这座城市所依据的“蓝图”到底是什么样子。

马不停蹄的建设者们说要等到一天的工作结束之后，才有时间向这位疑虑重重的旅行者展示泽克拉的建设蓝图。其实，马可·波罗发现，“不能停下手里的工作”只是他们的借口。在夜幕降临之前，泽克拉的居民们其实是“不可能”向旅行者展示他们的建设蓝图的，因为那张辽阔的蓝图并没有在他们的手上。它不是由他们自己（或者任何其他“人”）绘制的，也不由他们自己（或者任何其他“人”）来保管。

泽克拉的建设蓝图是由完美的神绘制和保管的。沉静的夜色带来了纯净的星空。“你看，那就是我们的建设蓝图。”泽克拉的居民们指着辽阔的天空说。他们的声音听起来充满了自豪还是充满了恐惧？关于这一点，马可·波罗没有给他的听者留下任何的暗示。

以完美和无限的星空为蓝图的城市当然永远也不可能建“成”。

近在眼前的泽克拉是旅行者“看得见”的城市。但是，因为它在不断建设之中，而且永远也不可能建成，它事实上又是一座“看不见”的城市。这座“看不见”的城市是一片未竟的天空，是面对完美和无限的绝望。

中断泽克拉的建设就意味着对这张体现完美和无限的蓝图的违背。这当然是对天意的违背。这种违背带来的灾难当然不仅仅是一座“城市”的毁灭或者“这座”城市的毁灭。这时候，旅行者应该突然理解了泽克拉的居民们那玄秘的耳语。

对完美和无限的向往令泽克拉的生活充满了恐惧。只有不断的建设和忘我的劳动才能够安抚这座城市不安的灵魂。

离开的到达：第四十四座城市

听完马可·波罗关于特茹德（Trude）的叙述，忽必烈也许能够意识到，这个口若悬河的年轻人是从“未来”来到了他的跟前。但是，他不一定能够意识到这个年轻人来自遥远的21世纪。

马可·波罗用单数的第一人称来叙述旅行者在这第二座“连续的”城市中的经历：如果不是在机场的门口看见了这座城市的名字，“我”会以为他到达的这座城市就是他刚离开的那座城市。他乘坐的飞机从“那”座城市起飞，经过了一段时间的飞行，在“这”座城市降落。可是，当他走出机场的时候，那座城市的景象却仍然“历历在目”。两座城市市郊的房屋如出一辙，市中心的花坛一模一样，街道上的商店和路标没有任何区别……这是他第一次来到特茹德，可是，他却肯定自己已经看见过这座“看得见”的城市：他完全熟悉他临时决定住进去的酒店；他早已经听到过自己与这座城市居民的交谈；在一天快要结束的时候，他就像从前一样在一间完全相同的酒吧坐了下来，他迷惘的眼睛盯着曾经盯过的那同一只高脚杯。

这太多的“相同”湮没了本来应该伴随“到达”一起到达的欣喜。“离开”的结果竟是这没有任何新意和刺激的“到达”，这令旅行者极度沮丧。他一定有一种被欺骗的感觉。他应该觉得自己被距离欺骗了，被生活欺骗了，被时代欺骗了。“为什么要来到特茹德？”他这样问道。事实上，这不是他向自己的提问，而是他对自己的责备。他并没有去反省“到达”的意义，但是，他不满意到达的结果。他不想在这座他早已在其他地方看见过的城市里停留，就像一个人不愿意在一种没有欢乐和美感的关系中“凑合”。他又一次想到了“离开”。他想用“离开”将这座已经看见过的城市变成“看不见”的城市。

他的想法被“他们”看透了。马可·波罗没有挑明“他们”的身份。但是，从“他们”对“我”的开导，他的听者见识了“他们”的权威和智慧。“他们”对世界有深邃的了解。“他们”告诉这位极度沮丧的到达者，他随时都可以重新起飞，但是，“起飞”却并不意味着“离开”。事实上，“离开”已经是不可能的事情了，因为他到达的下一个城市肯定是另一个完全相同的特茹德。“世界已经被一个无始无终的特茹德覆盖了。”“他们”这样说。“他们”是在用这个结论显示自己的权威，还是在炫耀自己的智慧？

21世纪证实了“他们”的权威和智慧。这个世纪里面的每一座城市都忙于与“国际接轨”。每一座城市都用同一个明星的巨幅照片、同一种快餐的醒目标志以及同一种名牌的著名广告迎接所有的“到达”。在他“到达”的机场里，报纸和电视正在“全方位地”追踪他“离开”的机场里的报纸和电视关注的同一条“头条新闻”。城市与城市正在被信息联结起来。整个世界正在变成一座“连续的”城市。最后，不同的“名字”成了一座城市与另一座城市之间唯一的差别，“到达”与“离开”的唯一的差别。而不同名字的城市事实上却正在过着完全相同的生活。

科学消灭了距离。而距离的消灭却又改变了“到达”的方向。在这座“连续的”城市里，所有的“到达”都是面向过去的。旅行者想到达的那一座“看不见”的城市一定是一座曾经“看得见”的城市，一座“过去”的城市。在这样的坐标系中，“到达”变成了更彻底的“回归”，“离开”变成了更绝望的“忍受”或者“凑合”。

毫无疑问，在这座“连续的”城市里，不存在通往未来的道路。“离开”显然不再是生活中的一种选择，一条最好或者最后的出路。当旅行者只能“到达”他“离开”的城市的时候，他事实上就已经“到达”了生活的尽头。

时间的隐喻：第四十五座城市

在第一座“隐藏的”城市里，一块放大镜能够给你带来巨大的惊喜。因为将它对准你在城市中心找到的一个哪怕只有针头那么小的点，你都会有惊人的发现。你会从这极小之中见到极大。你会在那个小点里面看见屋顶、天线、天窗、花园、游泳池以及街道上的流水、广场角落的小卖店和赛马场上的跑道。你惊喜你看见了一座“看不见”的城市。

这个针头那么小的点不会总是那么小。它不是一个数学意义上的没有测度的点。它是一个“细胞”：一个生命的起点。一年之后，当你再一次走近它的时候，你会发现它已经长大了：它长到了半只柠檬那么大。然后，它还会继续长大，直到大得像一块蘑菇，直到大得像一只碟子……它成长的速度最后会让你的放大镜变得多余：这个像针头那么小的点最后长大成为一座完整的城市，一座“看得见”的城市。

欧琳达（Olinda）就是这样从一个针头那么小的点发育而成的城市。在这座城市的中心，你又会找到另一个针头那么小的点。它同样是一个生命的起点。这个生命的起点最后又将长大成为另一个欧琳达。而在这个欧琳达的内部也会包含着一个同样的“生命”。欧琳达就像是数学上的无穷级数。有无穷多个欧琳达将从这个针头那么小的点里面生长出来。这个点类似佛教中的“阿赖耶识”：它是一颗不断孕育和生产的种子。

这无数的欧琳达构成的无穷级数应该是“收敛的”，它们收敛于共同的圆心。也就是说，欧琳达是一组同心圆结构的城市。与其他同心圆结构的城市正好相反，最古老的欧琳达在这一组同心圆的最外围，而最靠近圆心的则是最新型的欧琳达。也就是说，随着欧琳达从城市的中心不断生长出来，从前的欧琳达不断被推向边缘。马可·波罗巧妙地将这种“生理过程”政治化，将它解释成是欧琳达最古老的城墙带着旧城区不断地“向外扩张”。他将“从前的城市”被动的边缘化解释成是主动的“扩张”，这肯定会转移他的听者对欧琳达浪漫来源的注意力，从而激发起他许多关于历史的深刻思考。

关于传统的思考就是这些思考中的一部分。新型城市对中心的不断占领必然导致传统的边缘化。这种痛苦的过程带来了两个基本的后果：一方面，传统的远离使城市的中心失去了根基；另一方面，远离的传统不仅使传统失去了土壤，更重要的是，还会使传统发生合理却绝情的“变异”。这种“变异”可能是传统边缘化的最刻薄的后果：最古老的城墙可以始终是整个欧琳达最外围的城墙的一部分，但是，随着城市不断地“向外扩张”，最古老的城墙在最外围的城墙中所占的比例将越来越低。它必须与新的材料相结合才可能保证最外围围墙的完整。这就是说，边缘化的传统在求生存的过程中必然失去自己的身份。

但是，马可·波罗并没有引导他的听者去思考这些深刻的问题。一个很重要的变化正在他的叙述中悄悄地发生。他的叙述不再用很清晰的意象引出很深刻的思想：它使用的意象越来越复杂了，而它的哲学意味却越来越稀薄了。从关于阿尔吉亚的叙述已经可以看出这种变化。而关于欧琳达的叙述又提供了更明显的例证。马可·波罗没有用这座“隐藏的”城市引导他的听者去发现“隐藏的”思想。也许他的真实用意就是要“隐藏”深刻的思想?

根据欧琳达的发育过程可以知道，所有的欧琳达都曾经是“看不见”的城市，而所有的欧琳达也都会发育成长为“看得见”的城市。在这座无穷的城市里，有限的生命变得微不足道了。这也许就是马可·波罗没有提及欧琳达的居民们的原因吧。

无穷的欧琳达是时间的隐喻，是生命最抽象的形式。

最“长”的城市：第四十六座城市

马可·波罗好像还嫌这最“长”的城市不够长：他将“等待”放在他的叙述的最后，好像是想让他的听者觉得这最“长”的叙述并没有结束。

拉伍朵米娅（Laudomia）是最后一座与“死者”相关的城市。这座城市不仅用一座死者的城市将“看得见”的城市扩大了一倍，而且还用另外一座“看不见”的城市进一步拓宽了这“看得见”的城市的规模。

死者的城市就坐落在生者的城市的墓地里。两座城市之间存在着一组著名的“关系”：首先，死者的城市的拥挤程度与生者的城市的拥挤程度成正比；其次，死者的城市里的街道很狭窄，建筑很矮小，但是，它的构造却与生者的城市“数学地”相似。也就是说，这两座城市的对应部分比例相等；再次，死者的城市还保存了生者的城市里的“心理”特征：辛酸、愤怒、幻觉和冲动等影响过生者之间关系的心理因素继续在影响着死者之间的关系；第四，生者的城市里的所有居民都必然会成为死者的城市里的居民，因为生命的死亡是必然事件。

这座死者的城市为拉伍朵米娅的居民们提供了思想的来源和去所。他们可能会在墓碑上读到与自己名字相同的名字，或者与自己出生日期相同的出生日期。他们会向这座令他们困惑的城市讨要关于“生活”的解释和答案。他们想从这些死者的生活（或者说从“过去”的生活）中寻找安慰和依赖。“过去”的生活展示了生活的深度又暗示了生活的边界，拉伍朵米娅的居民们的确从探问中获得了很深的教益。因此，死者的城市与生者的城市之间还存在着一种更深层和更隐蔽的关系：死者的城市给生者的城市提供了一种“安全感”。

与这座死者的城市相应，拉伍朵米娅还给那些还没有出生的人留出了一块大小相当的地盘。这座“未生者”的城市可以说是另一种形式的“死者”的城市。它是拉伍朵米娅的另一座“看不见”的城市。

与死者不同，未生者的数量是无限的。一块有限的地盘怎么能够容得下数量无限的未生者呢？马可·波罗聪明的建议是将这些未生者想象得“足够小”，小得像蚂蚁或者像蚂蚁的卵。这样，他们就可以无孔不入、随遇而安。他们甚至能够将身体挤在大理石的纹路里。

在这座未生者的城市里，所有人都可以找到自己的后代以及其他家庭的后代（朋友的后代以及仇人的后代）。进入生者的城市之后，这些后人们将继续先辈们的营生和怨恨："看不见"的城市将为"看得见"的城市提供可持续发展的生命力。

就像他们经常徜徉在死者的城市里一样，拉伍朵米娅的居民们也经常来到这座未生者的城市里。他们向从墙缝里传出来的脚步声提问。他们当然不可能从这些未生者那里得到关于“生活”的解释和答案，因为这些未生者还没有经历过可供他们借鉴的生活。他们的问题集中于自己“身后”的遭遇（将由未生者决定的遭遇）：他们能不能得到身后的殊荣？他们的耻辱能不能被人淡忘？他们的冤案能不能获得平反昭雪？他们能不能永垂不朽？他们会不会遗臭万年？……但是，他们痛苦地发现，他们的提问没有得到响应。

拉伍朵米娅的居民们与这座城市未来的居民们之间无法交流。出生正好与死亡相反，是偶然事件，“小概率事件”。绝大多数的未生者都只是一个个离散的点，都没有机会成为生者，都与时间没有逻辑的联系。

这座未生者的城市不可能像死者的城市一样给拉伍朵米娅带来“安全感”。正好相反，它给这座城市带来了对“未来”的忧虑和恐惧。从这些未生者的数量，拉伍朵米娅的居民们只想到了他们这座城市的两种“未来”。这两种“未来”都让他们悲观失望。

第一种“未来”建立在存在着“无数”的未生者的基础之上。在这种情况下，生者的城市永远都是拥挤的城市，而且将是越来越拥挤的城市。那些渴望出生的人会不择手段地争着进入生活的“瓶颈”。那些已经出生的人会不择手段地在这“瓶颈”中占据更多的空隙，并且会不择手段地避免被挤出生活的“瓶颈”。这意味着生者的城市将遭受人口的重压。恶性的竞争和恶劣的环境会很快耗尽它的生命力，很快将它变成一座死者的城市。

第二种“未来”假定未生者的数量有限。在这种情况下，“生”与“死”的平衡总有一天将会被打破，而“看不见”的未生者的城市总有一天会变成一座空城。在这种情况下，一定存在着一个最后的未生者。他没有必要急于进入生者的城市。他在自己越来越荒凉的城市里从容地“等待”。他知道他正在“等待着”什么。他好像是在“等待着”出生，而事实上他是在“等待着”死亡：他在等待着他自己的宿命，或者说他在等待着拉伍朵米娅的宿命。因为他最后一定会穿过生活的狭窄通道进入死者的城市。也就是说，这最后的未生者很可能将是拉伍朵米娅的最后一位死者。随着他的离去，生者的城市也将变成一座空城。整个的拉伍朵米娅也就因此而变成了一座死者的城市。

不管在哪种情况下，未生者的城市都只是向生者的城市预示了阴暗的未来。马可·波罗善意地让拉伍朵米娅最后的那位未生者“等待”在他的叙述的出口（最后）。但是，他的“等待”肯定不会持续太久，因为这最“长”的城市的生命肯定不会延续太长。

精确的计算：第四十七座城市

天文学家们按照星体的位置制定了佩茹恩日亚（Perinthia）的城市建设方案。他们在图纸上画出的横线对应着太阳的轨迹，而纵线代表着天空旋转的轴线。为了让每一座神庙和每一片住宅区都受到它们所对应的星座最充分的呵护，他们根据黄道十二宫的位置来绘制地图。他们还在墙上标出了观看一千年之后的那一次月食的最理想位置。也就是说，佩茹恩日亚的城市建设方案建立在天文学家们渊博的知识和精确的计算之上。它再现了宇宙的完美与和谐。天文学家们对自己的设计充满了信心。他们相信按照他们的方案建设的城市既符合自然的规律，又体现了上帝的旨意。

第四座与“天空”相关的城市就这样根据天文学家们

的建设方案精确地建成了。它马上吸引了许多不同的民族前来定居。佩茹恩日亚渐渐地繁荣起来。它在与生俱来的神圣形式里渐渐充满了世俗的生活内容。转眼之间，第一代在佩茹恩日亚出生的孩子们长大成人了，他们到了婚嫁的年龄。婚姻带来了他们自己的孩子。这些由第一代在佩茹恩日亚出生的孩子们生下来的孩子，是这座“看得见”的城市的第一批“特产”，也就是天文学家们精确的城建方案的第一批果实。他们显然应该最符合自然的规律和最能体现上帝的旨意，他们应该用他们的健全来再现宇宙的完美与和谐。

马可·波罗将他的听者带进了佩茹恩日亚。但是，在这座城市完美的形式里，他却没有让他看见健全的身体。忽必烈的脑海中只出现了跛子、侏儒、驼背以及极度肥胖的男人和长着胡子的女人。这座“看得见”的城市原来只是一座残疾的城市。这“看得见”的残疾触目惊心。而那些更加触目惊心的居民则早已经被他们的家人隐藏在旅行者的视线之外了。地窖和阁楼构成了一座“看不见”的城市。那些更加触目惊心的居民被禁闭在“看不见”的城市里，终日与绝望和痛苦相伴。从他们凄惨的吼叫声恐怕都很难想象出他们触目惊心的外表：他们中间有的长着三个头、有的长着六条腿。“看不见”的城市隐藏着佩茹恩日亚最怪异的外表。它是一座变异的城市。这变异的城市比“看得见”的残疾的城市更加阴森可怖。

这样的结果远远超出了天文学家们计算的误差范围。他们肯定极为震惊、备受刺激。他们必须对这背离他们理性的结果做出合理的解释。

天文学家们只可能给出两种“合理”的解释：他们或者用他们的解释来否定“人”，或者用他们的解释来否定“神”。在第一种情况下，他们承认是他们自己的计算出了错。他们会辩解说，“人”的计算不仅不可能接近宇宙的完美，甚至可能正好悖逆了宇宙的和谐；而在第二种情况下，他们会将责任推给“神”。他们会辩解说，这样一座残疾的城市正好准确地反映了上帝的旨意。天文学家们的渊博和精确不容怀疑。他们精确的计算最“完美”地呈现了神灵的刻毒。“残疾”和“变异”其实都是神的作品。

那么，神为什么会创作这样的作品？

天文学家们的第二种解释虽然暴露了神的残忍，却并没有否定神。神的这种触目惊心的作品很可能就是神对人的惩罚。也就是说，是人的罪过（或者说世俗生活的罪过）引发了神的盛怒，引致了神对人的暴烈的惩罚。

马可・波罗没有罗列出佩茹恩日亚最早的居民们犯下的罪过。他不是法官。他没有必要将他的叙述变成声讨和审判。他只想用佩茹恩日亚触目惊心的现状对他的听者提出警诫。他想让他懂得“成事在天”的道理。

人的最完美的计算并不能避免最丑陋的结果。作为君王，最重要的是要检点行为，而不是工于心计。这是马可・波罗与他那位刻毒的同胞迥异的“君王论”。

“我”们的繁殖：第四十八座城市

使用第一人称来叙述第三座“连续的”城市是一个非常重要的选择。第一人称不仅使叙述听起来如亲身的经历，而且它还为最后戏剧性的场面奠定了基础。

“我”每年的旅行线路就像是一个一丝不苟的循环。普若蔻琵亚（Procopia）是这个循环之中重要的一站，他每年都会在这里停留。他总是住进同一家酒店的同一间客房。他这样做有一个很个人（当然也是很秘密）的理由。他第一次走进这间客房的时候，立刻就被窗外的田园风光吸引住了：水渠、小桥、矮墙、欧楂树、玉米地、刺莓田、养鸡场、黄色的山顶、蓝色的天空以及白色的浮云……所有这一切对他疲劳的身心都是一种很深的抚慰。他显然已经厌倦了人的面孔。他不想看见人的面孔。窗外

他第一次走进这间客房的时候，立刻就被窗外的田园风光吸引住了：水渠、小桥、矮墙、欧楂树、玉米地、刺莓田、养鸡场、黄色的山顶、蓝色的天空以及白色的浮云……所有这一切对他疲劳的身心都是一种很深的抚慰。

的田园风光正好满足了他的特殊需求。于是，第二次来到普若蔻琵亚的时候，他又住进了这同一家酒店的同一间客房。他想从同样的窗口里看见同样的风光：没有被人的面孔污染的田园风光。

这一次，他没有看见同样的风光。当他悠闲地品尝着窗外美丽景色的时候，隐藏在树叶丛中的一个扁圆的东西引起了他的注意。那是一副“面孔”。它正在啃咬一截玉米穗。田园风光中的这样一个小小的污点令这位生活严谨的旅行者耿耿于怀。他好奇又不安。所以当他在旅行途中再次经过普若蔻琵亚的时候，他还是住进了这同一间客房。

这一次，窗外的风光给他带来了更深的冲击（或者刺激）。他在矮墙上又发现了三副那同样的面孔。这深深的冲击（或者刺激）在第二年又将他带进了这同一间客房。这一次，他发现在矮墙上的面孔数量又翻了一倍。而在接下来的每一年，那种面孔的数量都成倍地增加。这位生活严谨的旅行者最开始还试图点数出那些面孔的数量，但是，他很快就不得不放弃了。因为那些面孔不仅仅出现在矮墙上，而是比比皆是，而且层出不穷，他根本就无法点数清楚。

这些扁平又相同的面孔很快就占据了田园风光中的每一个角落。已经干涸的水渠里挤满了这种面孔。欧楂树和刺莓田也被这些面孔覆盖了。然后是整个山坡……这些面孔像植被一样，一层又一层，在山坡上越积越厚。最后，整个田园风光中的山和水都完全被这些扁平又相同的面孔覆盖住了。

这些平面的面孔当然不可能有思想，也不可能有感觉。它们外表的雷同是它们思想贫乏和感觉迟钝的象征。“看得见”的城市里生机勃勃的田园风光最后变成了一块死气沉沉的平面。“看得见”的城市最后变成了“看不见”的城市。

曾经抚慰过他的窗外的世界开始折磨这位旅行者的身心。他也许早就应该改变旅行的路线。他也许早就应该打破生活的循环和规律。但是，好奇和不安将他禁锢在固定的生活模式中。他又来到了普若蔻琵亚。也许他还怀有侥幸的念头，以为没有思想和感觉的面孔来势汹汹的繁殖会突然中断。他又一次住进了这同一家酒店的同一间客房。

这一次，他彻底失望了。当他拉开窗帘的时候，除了那些面孔之外，他什么都看不见了。那些扁平又相同的面孔继续以不可思议的速度繁殖。它们甚至涌向了他的窗口，紧贴在窗户的另一侧。这样，它们就像是覆盖了普若蔻琵亚的天空。这位旅行者知道他不能够再犹豫了。他必须马上离开这座“看不见”的城市。

但是，已经太晚了！当他转过身去准备逃离的时候，这位旅行者发现他的房间里已经挤满了他自己，也就是挤满了“我”：一共有26个“我”。他知道，他自己也进入了那不可逆转的繁殖过程。他知道，“他自己”的数量肯定还会成倍地增加。这是他自己和读者们都没有料到的戏剧性的场面。

想要逃离这座“看不见”的城市，旅行者就必须从这些他自己，从这些“我”的身上迅速踩过去。他必须以第一人称单数的形式离开，才有可能将这亲身经历叙述出来。他绝不能让“我”淹没在“我”们之中。

“我”们永远都只是一座“看不见”的城市。

深处的快乐：第四十九座城市

一开始，马可·波罗仍然使用他得心应手的“演绎法”。他从结论出发，用这样一个灰暗的句子开始他的叙述：“在若依萨（Raissa），生活是不快乐的。”

接下来，他才开始罗列这种“不快乐”的生活证据。他罗列的证据都是需要解码的“符号”。马可·波罗像符号学家一样从这些“看得见”的符号里破译出“看不见”的结论。他在街面上看见的证据是：这座城市居民们的双手总是绞在一起；他们又总是责骂哭泣的孩子；他们还总是准备从河边的护栏上跳下去，以及他们总是用拳头挤压他们的太阳穴。而他在工作中看见的证据是，这座城市的居民们总是用锤子砸伤了手指或者用针头刺破了手指，他们又总是在理不清的“烂账”里耗费时间和精力。他还看见了吵闹声和破碎声引起的窗户玻璃的震颤。他还看见了那许多在酒吧里喝得烂醉的人。他还知道，在噩梦惊醒之后的清晨，这座城市的居民们会陷入另外的一场噩梦。

这些符号将若依萨的“不快乐”充分暴露出来。很清楚，“看得见”的若依萨就是一座“不快乐”的城市。既然如此，马可·波罗的听者马上就应该想到一个这样的问题：这第二座“隐藏的”城市到底隐藏了什么呢?

这是马可·波罗正准备回答的问题。

他这一次的做法与前一次正好相反。他首先是罗列证据，而不是展示结论。在这里，作为证据的三组“符号”都远比前面的那些符号复杂。每一组符号都是复合符号，由许多符号组合而成。第一组符号由一个纯真的孩子、一只扑食的狗、一个发情的石匠、一个痴情的女佣以及一个得意的伞匠构成。那个伞匠正在为刚刚做成的一笔交易而得意。那个年轻的女佣端着一碟浓汤痴情地朝他走去。正在脚手架的顶部喝着麦片粥的石匠嫉妒了，他对着她发情似的喊道：“亲爱的，能不能让我在你的浓汤里浸泡一下？”沾在他勺子上的麦片掉落了下来。那只狗跳到工棚上将它接住。那个看见了这一幕的孩子大笑了起来。

第二组符号由一个贵妇人、一个军官以及军官剽悍的坐骑构成。那个贵妇人坐在白色的遮阳伞的下面。她望着那个与她相爱的军官，他正在马术比赛中完成他的最后一跳。他的微笑显示出他荡漾在内心深处的快乐，而他的坐骑更是用它剽悍的跳跃显示出了它自己更深的快乐。

第三组符号由一只鹧鸪、一只笼中的鸟、一个画家以及一个哲学家构成。画家正在快乐地为哲学家的著作画插图，而笼中的小鸟是他的模特。从空中飞过的那只鹧鸪让画家深受感动。他打开了笼门，让笼中的小鸟在自由的飞翔中享受着无边的快乐。

通过这三组符号，马可·波罗显然已经将他的听者带到了"不快乐"的反面。一座最开始"看不见"的城市正在从他波光粼粼的语言中浮现出来。但是，马可·波罗对自己的权威并没有充分的把握。他没有用自己的语言来"归纳"出这三组证据指向的结论。他躲到了那个哲学家的身后。他准备用哲学家的智慧来引导他的听者。他引用了哲学家在那部刚完成插图的著作中的话。哲学家写道："在忧伤之城若依萨，总是有一个看不见的线头将一个生命与另一个生命联结在一起。"这种生命与生命极深的联结就是快乐的源泉。哲学家的结论说：“因此，在每一个瞬间，这座不快乐的城市里面总是包含着一座快乐的城市。”

马可·波罗用哲学家的结论来结束他的叙述。但是，他应该知道，哲学家本人并不是特别快乐。因为哲学家知道那座“快乐”的城市隐藏得太深了，它甚至都“没有意识到”它自己的存在。这种对自己的“无知”给“快乐”蒙上了一层阴影。

动态的和谐：第五十座城市

“自信”和“谨慎”是安德瑞亚（Andria）的居民们最重要的品德。这两种品德保证了这最后一座与“天空”相关的城市与“天空”之间的和谐。

这座城市的街道是按照行星的运动轨迹设计的，而这座城市的建筑则对应着星座的位置（其中那些出名的住宅小区对应着最明亮的星体）。这座城市的生活节奏严格地根据“天象”来安排。它的日历中标明了每一天适合做什么或者不适合做什么。这种与天体的运动相应的生活显示了“必然性”的力量，它的每一个细节都得到了“天理”的认可。这样的生活避开了人的情绪和性格的干扰。

也就是说，在安德瑞亚，与天体同步的生活是“看得见”的。这种生活有两种重要的结果。一方面，安德瑞亚的居民们不仅必须虔诚地顺从天道，有时候还要“替天行道”。他们肩负着很重的道德责任。另一方面，他们的生活其实又早已经预先设定，他们只需要听天由命，而没有必要处心积虑。这样，他们的生活中有一种天然的松弛。马可·波罗理解这座城市的居民们像时钟一样机械和精确的生活，因为他知道他们将自己的生活看成是不变的天空中的一个部分。他称赞这最后一座与“天空”相关的城市是在时间中“静止”的城市。

马可·波罗的赞扬被安德瑞亚的居民们当成是对他们城市的误读。他们急不可待地向他展示“看不见”的城市。于是，他看见了刚开通的悬吊在竹林上的街道、正在市立的养狗场旧址上兴建着的皮影戏院（养狗场已经搬到被废弃的麻风病院去了）以及刚完成剪彩仪式的河港、哲学家泰勒斯的雕像和平底雪橇的滑道。他们想向这位旅行者显示安德瑞亚绝不是一座“静止”的城市。

出现在安德瑞亚的革新令马可·波罗费解。在他看来，这座城市必须与天空保持高度的一致，刻板的一致。“静止”并不是它的美学特征，而是它的实际需要。“看不见”的城市令他充满了疑虑：难道这些革新不会搅乱这座城市与天空之间的和谐吗？

安德瑞亚的居民们用他们的自信来驱散马可·波罗的疑虑。他们告诉他，他们的革新不仅不会搅乱他们的城市与天空之间的和谐，相反，这些革新正好是这种和谐的“结果”，甚至可能是这种和谐的“原因”。作为“结果”，安德瑞亚的革新是对发生在天空中的“变化”的一种本能的反应；作为“原因”，安德瑞亚的居民们对革新的看法更为激进。他们相信天空的“变化”有可能正好是对发生在安德瑞亚的革新的一种反应。这种激进的看法使地面上的革新变成了能指的“符号”。这些符号为天文学家们提供了研究的方向。沿着这些方向，他们果然会用他们神奇的望远镜在天空中发现星体的爆炸、星云的膨胀以及星系的弯曲等宇宙的奇观。

不管是“原因”还是“结果”，这些发生在天空中的变化又会在天空中引起连锁的反应，并且在城市里引起更多的革新。事实上，安德瑞亚与天空的关系一直处在这充满激情的“互动”之中，城市与天空之间的和谐是生机勃勃的动态的和谐。

观天象而知人事是认知的惯例，而在安德瑞亚，城市与天空之间的动态关系模糊了“原因”与“结果”的界限。这种“关系”使天空和城市可以平等地互相影响，而使天空失去了统治和权威的地位。安德瑞亚的居民们因为这种罕见的动态关系而对他们的城市充满了自信。

这种自信并没有导致骄傲或者放纵。正好相反，安德瑞亚的居民们因为这种自信而变得谨小慎微。因为他们自信他们的每一项革新都会改变天空的图案，进而影响到整个世界的格局，在每一次行动之前，他们都会极为谨慎地评估新的革新潜在的风险和可能的得失。

对城市与天空“动态关系”的自信使安德瑞亚的居民们有了一种狂妄的责任心。他们不仅要对自己负责，还要对天空和世界负责。他们一定不敢将这座城市的生命之河拦腰截断，一定不敢豪情满怀地移山填海。他们对“换地”有可能导致的“改天”充满了顾虑。他们的“自信”使他们谨慎，而他们的“谨慎”显然对世界，或者说对自己的生存环境做出了贡献。

没有“自信”和“谨慎”这两种品德，安德瑞亚与天空的和谐很快就会被打破。

绝迹的边界：第五十一座城市

在一座城市与另一座城市之间，应该有一片大海、一片麦田、一片森林或者一片沼泽。这种“中间地带”是城市与城市之间的“边界”。马可·波罗早就知道他的听者会责备他忽略了这个与城市息息相关的重要因素，因为他总是将他的听者直接带到了城市的中心。他准备用一段关于一座城市边界的叙述来为自己辩解。

首先他还是直接将他的听者带到了这座城市的中心。在那里，一个牧羊人赶着他的羊群朝他走过来。他向马可·波罗打听这座城市的名字。

马可·波罗惊叫了起来。他不知道一个人怎么可以不知道塞西利亚（Cecilia）这样一座如此著名的城市的名字。

牧羊人向他娓娓道来。他说他知道散布在城市与城市之间的所有那些牧场的名字，却不知道任何城市的名字，因为城市对他和他的羊群来说没有任何实际的意义。他承认，在从一个牧场到另一个牧场的途中，他和他的羊群有时候必须穿过城市。但是，那对他自己和他的羊群都只是一种痛苦的经历：因为他的羊群会在街道的拐角受惊、跑散，而他和他的牧羊犬需要费很大的力气才能够将羊群重新集中起来。

牧羊人的叙述让马可·波罗立刻意识到他自己正好就是这牧羊人的对立面：他只能够识别城市，对城市之外的地区却没有任何认识。或者说，他只“看得见”城市，而“看不见”城市之外的世界。对他来说，城市之外所有的石头和草丛都是一模一样的。这可能意味着，城市之外的所有地区（或者所有城市之外的地区）对他来说都是一模一样的。毫无疑问，马可·波罗的生活与牧羊人的生活之间存在着巨大的城乡差别。

许多年之后的一天，见识了更多城市的马可·波罗在一排一模一样的房屋前面迷路了。他向一个过路的人打听他这是来到了哪一座城市。这个过路的人给了马可·波罗一个惊心动魄的回答。他说，他们是在塞西利亚。他还补充说，许多年了，他和他的羊群一直就在这座城市的街道上游走。他们一直就没有找到他们离开这座城市的出路。

受惊的马可·波罗认出了这个过路的人。他就是许多年以前在塞西利亚向自己问路的那个牧羊人。他的胡子已经又长又白了。他已经老了。他的身边也只剩下了几头可怜的老羊。它们枯瘦如柴，而且身上散发出一阵阵的恶臭。

“这怎么可能呢？”马可·波罗又惊叫了起来。他无法接受眼前的事实以及牧羊人说出的城市名字。他进入的明明是一座远离塞西利亚的城市，怎么可能最后又回到了塞西利亚呢？

城市与城市之间的边界到哪里去了？尽管他自己“看不见”分隔城市的边界，牧羊人和他的羊群却应该能够很敏感地识别出它们，因为那是他们生活的根基啊。

“所有的地方都混在一起了，”牧羊人沮丧地说，“现在到处都是塞西利亚。”

不断扩张的城市已经吞噬了城市与城市之间的边界。这是田园生活的挽歌。而作为边界的乡村的绝迹还并不是这疯狂的“城市化”进程的终点。不断扩张的城市还有更大的野心。它最后还将吞噬掉所有“其他”的城市。也就是说，城市的绝迹才是这疯狂的“城市化”进程的结局！城市的个性与特色（或者城市之间的差别）最后一定会被人类的生活遗忘。最后，人类的生活之中不会再有“离开”和“到达”的区别了。这也就是说，最后，人类的生活之中再也不会有“离开”和“到达”了。

边界的消失意味着希望和向往的沦丧。这是人类生活的挽歌。

飘荡着挽歌的塞西利亚是第四座“连续的”城市。在这座无边无际的城市里，牧羊人找不到自己的出路，旅行者也失去了自己的方向。

神谕的误读：第五十二座城市

马可·波罗将他关于第三座“隐藏的”城市的叙述建立在“神谕”的基础之上。这也许是忽必烈听到的最晦涩的叙述。他也许会怀疑马可·波罗想隐瞒什么，或者这座城市向马可·波罗隐瞒了什么。

女巫的语言非常具象又非常抽象。她说她在玛柔姿亚（Marozia）的命运中看见了两座城市：一座老鼠的城市和一座燕子的城市。

她的这种过于简练的语言激起了“解释”的冲动。一种流行的解释是：现在的玛柔姿亚是一座老鼠的城市，因为这座城市的居民们终年像老鼠一样在城市的通道里奔波。不过，一个“新的”（进步的）时代马上就会到来。它将“取代”老鼠的城市所代表的“旧的”（落后的）时代。

在这个“新的”时代里，玛柔姿亚的居民们将能够像燕子一样飞翔。他们的飞翔悠然自得，象征着自由和快乐。这“新”时代的祥和松弛与“旧”时代的匆忙紧张形成了强烈的对比。新时代的玛柔姿亚将是一座燕子的城市。

这种解释突出了“新”与“旧”（或者进步与落后）之间的对立（或者敌对）关系。它是积极和乐观的。它肯定旧的时代终将被新的时代取代。它推崇线性的“发展”和“进步”，或者稍微立体一点的“螺旋式的上升”。这是一种经典的历史观。它为“取代”（更通俗的说法也许应该是“革命”）提供了最堂皇的借口。

这种解释果然引起了玛柔姿亚的骚动。那些热血沸腾的人喊出了他们响亮的口号：是结束老鼠时代（或者开始燕子时代）的时候了！他们憧憬着砸烂旧世界和建设新世界；而那些深思熟虑的人也看清了历史的潮流，他们开始悄悄地学习和训练，准备将来像燕子一样飞翔。

第一人称的叙述者终于露面了：他在“许多年之后”又回到了玛柔姿亚。他知道旧的时代已经被砸烂了，而新的时代也正处在它的顶峰。对神谕的第一种解释接受了实践的验证：历史的进步得到了现实的肯定。但是，这座

“看得见”的城市却同时又给了他另外的印象。他并没有看见新时代曾经许诺的自由和“翅膀”。他也没有看见新时代保证的满足和解放。也就是说，新的时代并不是像人们当时所想象的那样。

他还在这座新时代的城市里看见了一座“看不见”的城市：走近玛柔姿亚新城墙，他看见了上面的一条裂缝。透过这条裂缝，他看见了一个完全不同的城市。可是，他还没有来得及做出反应，裂缝后面的城市就迅速消失了。这座“看不见”的城市是那个旧时代的阴影还是一个更新时代的蜃景？

他从这一道闪光中顿悟了历史的奥秘。影响历史的因素可能是伟大的思想或者行动，也可能只是一个小小的眼神或者手势。不管是什么，事物其实都是受“偶然性”左右的。历史的后面并没有“隐藏”着什么太重要的内容，人类也不应该夸大自己的“历史作用”。历史上的任何改变都没有明确的目的。任何人都不可能“刻意地”带来任何历史性的改变。

建立在这种认识的基础上，马可·波罗相信，历史并不是进步的。任何“取代”都没有足够的理由，都不会长治久安。他很清楚，那个旧的玛柔姿亚随时都可能卷土重来，用它的蜘蛛和霉块颠覆新的时代：将颠倒的历史重新颠倒过来。

事实上，将燕子的城市说成是新时代的城市，肯定它将取代旧时代的老鼠的城市，并不是“神谕”的原意。因此，马可·波罗的顿悟并没有证明神的错误。它挑战的只是人对“神谕”的解释。那种相信“发展”和“进步”并且为革命提供借口的解释在马可·波罗看来已经站不住脚了。现在，他必须给出他自己的解释。

他认为，根据女巫的意思，在玛柔姿亚的确存在着两座城市：一座老鼠的城市和一座燕子的城市。但是，这两座城市的关系并不是“历时的”关系，而是“共时的”关系。也就是说，它们的关系并不是一座应该被砸烂的“旧”城市与一座应该取而代之的“新”城市之间的关系。它们并不是“你死我活”和“不共戴天”的。

“新”和“旧”的庸俗分类被马可·波罗的解释抛弃了。

这两座共存于时间之中的城市各自有它们独立的生活（或者说生命），同时，它们之间又存在一种无法改变的关系。这种关系与“血缘关系”类似，它是任何形式的暴力都无法改变的。燕子的城市不知道它与老鼠的城市之间有一根只有神才能看见的纽带。也就是说，尽管前者对后者充满了仇恨和鄙视，它却既不可能通过“革命”来取代它，也不可能将它彻底埋葬。“新”的城市与“旧”的城市是两座纠缠不休也纠缠不清的城市，就像一对恩恩怨怨的恋人。

这是不是对“神谕”的另一种误读呢？

外面的外面：第五十三座城市

马可·波罗知道他的听者会将佩恩日丝丽亚（Penthesilea）的入口想象成什么样子。他知道他首先会想到城墙、城门以及盯着他的包袱的收税人。接下来，他还会继续想象。他会想到自己从拱门走进了这座城市。他会想到自己走近了建筑密集的城市的中心。

但是，马可·波罗告诉他的听者，这种想象与事实不符。这最后一座“连续的”城市超出了“人”（哪怕他是高瞻远瞩的君主）的想象：它根本就没有清晰的入口。这座阴云密布的城市散落在平原之上。当旅行者在它色调阴沉的建筑之间行走的时候，他不知道自己是否已经进入了这座城市，因为这些建筑散布在散发着恶臭的农田里，而它们的四周还散布着许多简陋的工棚。这完全是乡村（或者郊区）的景象。

再走一段，街道终于出现了。街道的两旁并列着许多建筑工地。那些未完成的建筑参差不齐，就像是一把有许多断齿的梳子。这些建筑工地给旅行者一种接近城区的感觉。但是，继续往前走，出现在眼前的却又是郊区的景象：车间、仓库、墓地、游乐场、屠宰场以及一排搭建在农田边的乡村小店。

"看得见"的这一切显然并没有告诉这位旅行者他正要前往的城市坐落在哪里。于是，他向过路的人打听佩恩日丝丽亚的方位。他们用"手势"来回答他。可是，他不理解他们的手势，因为那种手势充满了歧义，可以有很多种不同的理解方式。它可以被理解成"在这里"，"在更远一点的地方"或者甚至"在相反的方向"。

他继续追问。他希望他们用语言来回答他的问题。

他们的语言同样令他困惑。他们中间的一些人回答说，他们每天到"这里"来上班。而另外的一些人回答说，他们每天回"这里"来休息。这背道而驰的回答模糊了旅行者的视线。他仍然不知道佩恩日丝丽亚的方位。他继续追问。

可是，他得到的仍然是背道而驰的回答：一些人指着前方地平线上的那一堆模糊的多面体说，一定是在那里；而另一些人指着他身后的那些尖塔的幻影说，一定是在那里。

旅行者对“语言”彻底失望了。不同的人可以用同样的语言来做不同的事：“这里”有不同的用途，“那里”在不同的方向。他放弃了“询问”，但是，他没有放弃“寻找”。他决定自己去寻找他正要前往的城市。他继续走下去。他穿过了一片又一片的郊区。他继续走下去。

最后，他终于有些厌倦了，因为在郊区的外面总是又有一片新的郊区。最后，他对“自己的寻找”也彻底失望了。尽管佩恩日丝丽亚对旅行者来说仍然还只是一座“看不见”的城市，他对看见它却已经没有任何兴趣了。他想中断他的“寻找”。他想“离开”他还没有（或者无法）“到达”的城市。可是，就像他找不到这座城市的入口一样，他也找不到离开这无边无际的郊区的道路。夜幕降临了，旅行者的四周出现了零零落落的灯光。这是郊区的灯光。他当然也无法从环绕着他的这种郊区的灯光中去辨认城市的方位或者“离开”的方向。夜晚没有给他特别的帮助。这一次，他对夜晚没有感激。

他不再去思考佩恩日丝丽亚是否存在或者佩恩日丝丽亚是不是只是“郊区”这样一些“本体论”的问题。他被一个更复杂的问题困扰住了。他假定自己已经离开了这一座他还没有到达的城市。他的问题是，在佩恩日丝丽亚的外面到底存在着什么？或者在佩恩日丝丽亚的外面是否还有一个“外面”存在？

这其实仍然是“本体论”的问题。对这个问题的否定回答一定会令旅行者心惊胆战。因为他不想被围困在这无边无际的“城市”或者郊区里。尽管他是一个“四海为家”的旅行者，他还是渴望有一种语言、一种注视、一种体味、一种呼吸、一种抚摸……能够安慰他疲惫不堪的身心。他还是渴望有一个“外面”的世界正在等待着他的“到达”或者“归来”。

这座城市的生活节奏严格地根据“天象”来安排。它的日历中标明了每一天适合做什么或者不适合做什么。这种与天体的运动相应的生活显示了“必然性”的力量，它的每一个细节都得到了“天理”的认可。这样的生活避开了人的情绪和性格的干扰。

“神奇”的复活：第五十四座城市

马可·波罗的叙述通常都具有寓言的气质，而关于日欧多拉（Theodora）的叙述更是一篇完整的寓言。

这第四座“隐藏的”城市长期以来一直遭受着侵略的困扰。入侵者不是人的“同类”，而是形形色色的低级动物。这些低级动物此起彼伏、络绎不绝，令日欧多拉的居民们上蹿下跳、手忙脚乱：他们刚刚击退了凶猛的秃鹫，毒蛇又开始猖獗；他们刚刚杀灭了蜘蛛，苍蝇又蜂拥而至；他们刚刚清除了白蚁，木蛀虫又完成了调动和集结，并且很快就夺回了白蚁的失地。日欧多拉的居民们不仅需要抵御敌人和敌人的盟友，还需要与敌人的敌人周旋。这场旷日持久的反抗侵略的战争就是这座城市全部的历史和主要的生活。而战争留下的痕迹（比如鳞皮和背甲的消失以及鞘翅和羽毛的绝迹）成了这座城市的重要特征。

动物种类的不断减少将日欧多拉带进了最后的战场。这座城市最后的敌人是那种生命力极其旺盛的“啮齿目动物”。极少数幸免于大规模灭杀行动的老鼠会产出能够抵制人类最新的灭杀手段的新生代。这些后代迅速繁殖，又夺回了它们的祖先开辟的疆域。最开始，日欧多拉的居民们并不清楚这最后一仗的胜利属于人类还是人类的敌人：人类拥有“残暴的创造性”，而他的敌人却保持着“自负的生命力”。这显然是一场具有象征意义和政治影响的恶战。最后，人类“残暴的创造性”终于战胜了他的敌人“自负的生命力”。日欧多拉的居民们赢得了最后的胜利。

埋葬了最后一批腐烂的侵略者（也是战败者）的尸体之后，动物从“看得见”的日欧多拉彻底消失了。这座终于迎来了太平的城市因此也变成了一座埋葬动物的坟场，巨大的坟场。它安详的“现在”隐藏了它杀气腾腾的历史，也隐藏了那历史之中硝烟滚滚的世界。在日欧多拉，“动物”仅仅幸存在图书馆书架上那些伟大的动物分类学家们的著作里。“动物”的存在变成了一种模糊的回忆或者一种渊博的知识。

事实上，反抗侵略战争的最后胜利并没有给这座城市带来真正的安宁。一种信仰（或者说“忧虑”）正像病毒一样在日欧多拉的居民们之间流行：他们相信有一种早就被遗忘的动物已经从它漫长的昏睡状态中惊醒了。这种奇特的信仰也许来自一种很深的负疚感。日欧多拉的居民们知道自己的双手沾满了敌人的鲜血。很深的负疚感让他们获得了一种非凡的视力，让他们看见了一座“看不见”的城市。这是一种无法逃避的“看见”，又是一种难以接受的“看见”。它使日欧多拉的居民们对这座城市的未来充满了恐惧。

接下来的故事当然是马可·波罗的想象：一种早已经绝种的动物从图书馆地下室的古籍书库里面跳了出来。它从日欧多拉住宅的支柱顶上沿着下水道跳到了熟睡的居民们的床边。当这些居民们从噩梦中惊醒的时候，他们看到的将不是明媚的早晨，而是另一个噩梦，一个也许永远不再能够从中惊醒的噩梦。

马可·波罗就用这个噩梦来结束他的寓言。他罗列出包括狮身人面兽、吐火女妖和独角兽在内的九种“妖魔鬼怪”。他用这一长串生僻的名词打开了一座“看不见”的城市。这些早在日欧多拉旷日持久的反侵略战争爆发之前就已经绝迹的“动物”奇迹般地复活了。它们组成了一支最神奇的“联合部队”，正在完成“动物”对日欧多拉的复仇，实现“动物”对日欧多拉的占领。一座被隐藏的城市将要颠覆隐藏它的城市，将要让隐藏它的城市变为“看不见”的城市。

在这个寓言结束的地方，伟大的忽必烈会将他自己想象为是这个寓言中的入侵者还是定居者？或者是这个寓言中最后的胜利者还是最后的失败者？

他的不同的想象不仅是对历史的一种不同的解释，而且还很可能会创造出不同的历史。

此刻的公平：第五十五座城市

最后一座“隐藏的”城市隐藏在《看不见的城市》的最后。马可·波罗在它的第一自然段里就已经将这座城市“一分为二”：贝若妮丝（Berenice）由一座“不公平”的城市和一座“公平”的城市组成。他用来区分这两座城市的“数据”极为复杂。

“不公平”的城市是“看得见”的城市。马可·波罗看见这座城市的居民们用奢侈的装修材料来装饰他们的绞肉机。他还看见他们在公共浴池里洒满了香料。公共浴池是这座城市里最重要的交际场所。城市的居民们在这里用漂亮的辞藻密谋丑恶的行动或者用得体的目光打量沐浴中的宫女们肥胖的裸体。马可·波罗还看见了那些一言不发的清洁工。他们在清洗豪宅地板的时候悄悄地抬起了头，注视着华丽的旋梯、正厅和门廊。他能够看见他们内心中蠕动着的那种地位卑微和没有自由的感觉。“不公平”当然需要“掩饰”和“遮盖”。这座“看得见”的城市里充满了这种“掩饰”和“遮盖”。这种对“不公平”的“掩饰”和“遮盖”反而成了这座“不公平”的城市的特色。

“公平”的城市隐藏在这“看得见”的城市的后面。这座城市的居民们在商店后面或者楼梯下面阴暗的房间里做黑市交易，买卖廉价的物品。这座城市巨大的齿轮之间暴露着电线、管道、活塞、配重和滑轮。而这座城市的居民们总是需要小心地避开告密者的窥探或者禁卫军的搜捕，他们在这种生活中磨炼出了一种非凡的敏锐：他们不仅能够从说话者的声音识别出说话人的身份，甚至能够识别出“逗号”或者“括号”等标点符号的发音。同时，这座城市的居民们又保持着朴素和纯真的天性，他们善于回避复杂和紧张的情绪。他们简朴又很有品位的厨房让人想起历史上的黄金时代。“不加掩饰”是这座“公平”的城市的特色。

马可·波罗比较这两座城市的目的似乎是想突出和肯定“公平”的城市。因为尽管他用了长度几乎相等以及复杂程度几乎相当的“数据”来呈现这两座城市，在这第一自然段里，他反复表达的意思却是他其实不应该谈及“不公平”的城市，而只应该谈及“公平”的城市。

然而，他并没有再去更多地谈论“公平”的城市。他真正想谈论的事实上是这两座城市之间的关系。他提醒他的听者注意，有一颗邪恶的种子隐藏在“公平”的城市里：它就是那种追求“绝对公平”的欲望，那种想比所有那些“公平”更加公平的欲望。这有害的种子在痛苦、竞争和怨恨中孕育和成熟。它煽动“公平”对“不公平”进行无情的报复。最后，一场革命将会到来。通过暴力的革命，“公平”试图将“不公平”埋葬。这看上去好像是一种社会“进步”。然而历史书上常见的景观却是，一旦“公平”获得了“不公平”的地位和权威，它就会像“不公平”一样炫耀它的地位和行使它的权威。这就是所谓“否定之否定”。

就这样，一座新的“不公平”的城市将会在贝若妮丝诞生。它将比第一座“不公平”的城市更“不公平”。而且，它一定会将这“不公平”掩饰和遮盖得更加巧妙，将“不公平”隐藏得更加精致（比如它会将居民们的注意力引向它为“公平”奋斗的历史而避开它“不公平”的现实)。

马可·波罗的听者会不会理解他的这些晦涩的发现，或者会怎样理解他的这些晦涩的发现？这是无法回答的问题。马可·波罗似乎也意识到了自己叙述的逻辑有点过于深奥。他不想让他的听者失去对倾听的兴趣。于是，他又将他们带往这座以“公平”的名义出现的“不公平”的城市的内部。在那里，他们又一次看见了争取“公平”的欲望和冲动：那是下一座城市的种子。一场新的革命又将在革命成功的地方孕育。

马可·波罗晦涩的发现展示了贝若妮丝动荡不安的未来。不过，关于这种未来仍然可以有两种不同的解释。其中的一种解释比较机械。它将未来的贝若妮丝描绘成“公平”与“不公平”交替的出现，线性的展开。而马可·波罗倾向于另外一种比较神秘的解释。他告诉他的听者，贝若妮丝全部的未来都已经存在于“此刻”之中。所有不同程度的“公平”与“不公平”都被这“此刻”凝结在一起。它们互相缠绕，难舍难分。

经过漫长的想象与心智的旅行，马可·波罗将他的听者带到了他们共同盼望的终点：此刻。这是一个没有测度的点，但却并不是数学意义上抽象的点。它瞬息即逝又生生不息。它是一个时间上的点，是时间上不断“到达”又不断“离开”的点。这不断的“到达”和“离开”使它成为“旅行”最精确的象征和最重要的意义。

“此刻”是所有城市的秘密，也是所有旅行的起点。“此刻”又是所有城市的未来，也是所有旅行的终点。

叙述的极限：马可·波罗的目的地

卡尔维诺将马可·波罗叙述的五十五座城市重组为九个部分，其中的第一和第九部分，分别包含了十座城市，而其他部分则各包含了五座城市。在这九个部分的前后，卡尔维诺都安排了一段马可·波罗与忽必烈的交谈。在形式上，这些交谈预示着马可·波罗关于一座城市的独白即将开始，或者标志着马可·波罗关于一座城市的独白已经结束。

实际上，这些充满张力的交谈既是表面上一无所有的旅行者与表面上无所不有的征服者之间语言和思想的角逐，也是同样充满野心的旅行者和征服者之间几乎对立的野心的较量。

征服者的野心是“拥有”自己的帝国。他的至高无上并没有给他足够的信心，他并不知道自己是否真正地“拥有”自己的帝国。语言加重了他的疑虑。语言不仅可以描述那些他不愿意相信又不敢不相信的、存在于他的帝国和权力之外的城市（他没有“看见”或者“看不见”的城市），语言还具有无限的生命力，与它相比，征服者“拥有”的帝国只是过眼云烟，而征服者的生命和权力也宛如昙花一现。

旅行者的野心则是让征服者看见“看不见”的城市，从而看到生命和权力的极限。为了实现这一野心，旅行者必须首先将叙述推到极限。语言是他的盟友，或者说是他的同谋。他的叙述典雅、节制，同时又带有强烈的意图。他是否亲临过他描述的城市，或者他描述的城市是否真实地存在，这些都已经是无关紧要的问题了：因为建造那些城市的材料不是土木，而是词语。那些城市的结构受制于美学的准则，而与力学关系不大。那些城市再现的是欲望对语法的诚服或者对语法的冒犯。更重要的是，旅行者的叙述是一种教育，它的意图非常明确：它不仅要将它的听者塑造成为一位称职的君主，还希望将他陶冶成为一个称心如意的“人”。

马可·波罗与忽必烈的这些交谈是《看不见的城市》中承前启后的构件。但是，如何（或者应不应该）将它纳入“与马可·波罗同行”的框架？这是困扰了我将近四年的问题。我最后还是决定跳过这一道屏障，直抵“看不见”的城市。这样，忽必烈的声音被压到了最低，耀眼的至尊在我的解读中几乎变成了“看不见”的人物。

但是，我不能跳过马可·波罗与忽必烈最后的那段交谈。准确地说，我不能跳过他们最后那段交谈的最后那一段。在我看来，那一段是整部《看不见的城市》的关键，是马可·波罗早已经为他令人眼花缭乱的叙述设定的目的地。

莎士比亚曾经说过，城市就是生活于其中的人。而马可·波罗却更加极端，他的城市是“人”的本身。因此，《看不见的城市》是一部关于“人”的作品。它试图回答的是关于“人”的问题（当然，如果任何叙述有任何的意义的话，试图回答“人”的问题就是它的意义）。

而这些问题中最基本的问题是，“人”应该怎样活着？

这是一个已经被“人”自问过五千年的问题。

《看不见的城市》是一部现代的《神曲》。锁定“地狱”是它的重要使命。在马可·波罗与忽必烈的最后那段交谈里，见多识广的旅行者这样告诉他至尊的听者：地狱并不是存在于将来，也不是存在于别处。它“已经”存在，而且就存在于“此处”。它就是我们每天都生活于其中的世界，它就是我们拥挤在一起而形成的“这个”世界。

整部《看不见的城市》要告诉读者的就是这样一条真理！这比存在主义的“他人就是地狱”听起来更令人毛骨悚然。

但是，在世界与地狱之间画上等号并不是马可·波罗的目的。世界阴暗的状况并没有令他绝望。他在思考如何能够逃避“地狱”（也就是现实）的折磨。他对“生”充满了向往。他告诉他至尊的听者，有两种方式能够实现这种逃避。

第一种方式简便快捷，而且万无一失：接受地狱，成为它的一部分。也就是说，通过同流合污来让地狱“相对地”消失。这是流行的方式、大众的方式。

第二种方式是出众的方式。它同时也具有很大的风险，可能以失败告终，因此它要求持续的警觉和不懈的努力。这不仅是马可·波罗自己的方式，也是他希望他的听者能够接受的方式。只有这种方式才能够将地狱彻底埋葬。在《看不见的城市》的最后，马可·波罗用高贵的声音将他至尊的听者引向了他漫长旅程的目的地：去吧，在生活的地狱之中去辨认哪些人还没有死去，去寻找他们，去给他们空间，让他们继续生存下去。

现在，我们这些生活在现实中的平庸的听众也听到了这高贵的声音，也与马可·波罗和他高贵的听者一起抵达了漫长旅程的目的地：让我们在生活的地狱之中去寻找和辨认那些还没有死去的人吧！这种寻找和辨认就是我们自己活着的理由和意义。